# Helga Schubert
# Das verbotene Zimmer
## *Geschichten*

Luchterhand

Sammlung Luchterhand, Februar 1984

© 1982, 1984 by Hermann Luchterhand Verlag GmbH & Co KG,
Darmstadt und Neuwied.
Alle Rechte für die Bundesrepublik Deutschland, West-Berlin
und das westliche Ausland beim Hermann Luchterhand Verlag
GmbH & Co KG, Darmstadt und Neuwied.
Der Abdruck der Erzählungen »Meine alleinstehenden
Freundinnen« und »Vogelschreien« erfolgt mit freundlicher
Genehmigung des Aufbau-Verlags, Berlin und Weimar.
Lektorat: Ingrid Krüger
Umschlaggestaltung: Kalle Giese, Darmstadt,
unter Verwendung eines Fotos von Roger Melis
Herstellung: Ralf-Ingo Steimer
Gesamtherstellung bei der
Druck- und Verlags-Gesellschaft mbH, Darmstadt
ISBN 3-472-61492-7

Noah hatte drei Söhne, Sem, Ham und Japhet. Ham bemerkte nur, daß sein Vater ein Trunkenbold war, und übersah völlig Noahs Genialität, daß er die Arche gebaut und die Welt gerettet hatte.

Die Schriftsteller sollen nicht Ham nacheifern. Schreiben Sie sich das hinter die Ohren.

(Tschechow, *Briefe, 16. 9. 1891*)

# Himmel

Gestalten deiner Träume fressen von deinem Teller
(Stanislaw Lec)

Noch nie bin ich über dem Wasser geflogen. Und ich weiß nicht, ob ich darüber abstürzen werde. Der Himmel ist über mir weit und strahlend. Ich stehe auf einer Anhöhe. Auch andere Menschen sind da.
Ich sage, daß ich fliegen kann.
Erst glauben sie mir nicht, aber dann doch, als ich es ihnen beweise.
Sie wundern sich nicht.
In der Luft sehe ich weit weg auf einer Insel im Meer ein Schloß. Ich möchte dahin fliegen, weiß aber nicht, ob meine Kräfte in den Armen reichen werden. Ich habe große Sehnsucht. Und plötzlich fliege ich über den Dächern des Schlosses. Auf den Balkonen stehen Menschen, die mir mißgünstig erscheinen. Ich gelange in einen hohen Festsaal mit vielen Menschen. Sie feiern und tanzen.
Und ich will wieder weg.
Ich sehe nach oben: Über mir immer noch strahlend blauer Himmel – nur, ich kann nicht mehr wegfliegen. Ich bin gefangen. Ein grobmaschiges Netz ist über uns alle gespannt, zwei Meter über unseren Köpfen.
Ich zeige es den anderen und bin verzweifelt.
Sie lächeln vergnügt. Ein wenig, nur ein wenig schadenfroh.
Denn sie haben meinen Kummer nicht.
Gut, der Himmel ist verschnürt.
Aber beim Gehen stört das nicht.
Wirklich nicht.

# Frühere Standpunkte

Das Herz trinkt mein Blut.
(Ernst Jandl)

1

Als ich sechs war, wurde die Partei gegründet. Jetzt bin ich vierunddreißig Jahre älter.

Ich habe mir einen Standpunkt erarbeitet.

Meine Berliner Großeltern waren vorher in der SPD. Mein Großvater war SPD-Abgeordneter in der Weimarer Republik und Mitglied der Roten Lehrergewerkschaft. Unter Hitler wurde er sofort entlassen als Rektor.

Deshalb, und weil meine Großeltern nach dem Krieg in unserem Teil Berlins wohnten, wurden sie zu Mitgliedern unserer Partei: ein Händedruck, zwei in die Kamera blickende Gesichter, eine Luftaufnahme von zwei Demonstrationszügen, die sich an der Straßengabelung vereinigen.

Mein Großvater starb ein Jahr später, nierenkrank, zu Hause. Wir hatten noch zu wenig Krankenhäuser.

Meine Großmutter starb zehn Jahre danach. Sie war die erste, die in meiner Gegenwart an Gott zweifelte. So viele Menschen und nur dieser Eine?

Sie blieben die einzigen Mitglieder der Partei in meiner Familie.

Partei war für mich als Kind: Etwas Undurchschaubares. Man wußte nie, ob der nicht drin war. Die ist wohl auch drin. Man fragte nie direkt.

In den ersten Jahren trug man das Parteiabzeichen nicht so häufig wie einige Jahre danach. Mehr so wie heutzutage. Das Parteiabzeichen meiner Großmutter lag in ihrer Schmuck-Kassette. Ich erinnere mich, daß die Kassiererin einmal fragte, ob meine Großmutter noch ein zweites brauche, und meine Großmutter verneinte.

Partei war für mich: Für die Russen sein, die um ihre Sperrgebiete grüne Holzzäune nagelten, mit Glühbirnen um die roten Sterne am

Eingang, für stumm marschierende Soldatenkolonnen in den Straßen. Russisch lernen. Die Russisch-Lehrerin war immer die Fort-
schrittlichste.

Partei war für mich einmal: Fahnenappelle, bei denen der Direktor
mit Blauhemd, Pioniertuch und Parteiabzeichen eine Rede hielt,
zum Schluß: Seid bereit, und wir: Immer bereit. Von ihm erhielten
wir unsere Auszeichnungen, ein Abzeichen mit Urkunde.

In der Gewerkschaftsgruppe zwanzig Jahre später war das Lob mit
einer materiellen Stimulierung verbunden, einer Prämie oder einer
Reise, weiter höher mit einem Preis und viel Geld, dann nur noch
mit einem Orden. Der Höchste aber legte zwei Finger auf die
Schulter des zu Lobenden, umgab ihn mit Weihe. Wollte dieser
noch tauschen mit den anderen?

Aber auch die Strenge änderte sich. Sie nahm nach oben hin ab. Der
Höchste konnte sogar Ausnahmen machen. Ich sah, wie man alles
erklären konnte. Ich lernte, mir schon zu denken, wie man alles
wieder erklären wird.

Partei war für mich: Entweder die ganze Familie war dafür oder
keiner. Wenn der Vater eines Schülers in der Partei war, kam sein
Kind in den Freundschaftsrat. Dann brauchte die Pionierleiterin
nicht den Rechenschaftsbericht auszuarbeiten: denn das besorgte
dieser Vater. Nämlich als Vorsitzender des Elternbeirates.

Ein bis zwei Väter jeder Schulklasse waren in der Partei. Sie riefen
die anderen Eltern auf, ihre Kinder zu behüten, damit diese durch
das Abhören von Westsendern nicht verrohen. Ein paar Jahre später
bezogen sich ihre Aufrufe auf das Westfernsehen. Unser Fernsehen
orientierte richtig.

Partei war für mich: Freund der Jugend und des Sports. Viele Plätze
und Straßen, viele Heime trugen Seinen Namen. Sein Bild auf allen
Briefmarken, in allen Klassenzimmern.

Ich habe die angeschlagenen zehn Gebote gelesen, in der Zeit der
sozialistischen Menschengemeinschaft. Ich sah, daß man morgens
pünktlich in den Dienst ging, daß man danach Kaffee trank, daß man
vor zwölf die Mittagspause nicht begann, spätestens um 13.30 Uhr
zurück war, daß man über das Diensttelefon keine Privatgespräche

9

führte, aber doch empfing. Alle versteckten den Tauchsieder, wenn der Arbeitsschutzbevollmächtigte zu einem offiziellen Durchgang kam. Dann setzte er sich erleichtert hin, weil er niemand erwischt hatte, und seine Sekretärin erhitzte ihm das Kaffeewasser für den verdienten Kaffee mit dem Tauchsieder.

Man ließ sich nicht krank schreiben, wenn man nicht krank war, wurde aber zur Kur geschickt, wenn der Arzt nichts mehr gegen den Kummer wußte; denn am Kurort wurde man nicht nach drei Tagen zur Ärzteberatungskommission vorgeladen wie sonst bei Angina. Denn Angina konnte man greifen.

Eigentlich sollte man nicht trinken, aber in Gegenwart eines trinkenden Höheren doch. Nüchterne Leute sahen immer so kritisch aus, verdarben die ganze Laune. Auf solche Situationen kam man später nicht zu sprechen, nicht auf das damals gebrauchte Du, nicht auf seine Witze. Das Lachen über bestimmte Witze war mit Fingerspitzengefühl zu handhaben: mit der richtigen Mischung aus Erinnern, weil man den Witz schon kannte, Überraschung, daß gerade dieser diesen Witz erzählte, und einer gewissen sportlichen Anerkennung, wie er diesen Witz erzählte. Manchmal mußte man aber das Erinnern weglassen. Je verantwortlicher die Stellung des Witzeerzählers, je weniger Erinnern war zulässig. Es gab Menschen, denen man eigentlich angestrengt lauschen sollte. Mit Feierlichkeit auf dem Gesicht.

Partei war für mich auch: Die Wahl der richtigen Kleidung. Der Gegenwartskundelehrer sagte uns, daß man seine Gesinnung am Leibe trägt. Bei der FDJ-Wahl das Blauhemd über dem schwarzen Rollkragenpullover in den Jeans. Bei dieser Gelegenheit auch alle vorhandenen Abzeichen auf der Brusttasche, eventuell ein rotes Pioniertuch um den Hals, falls Pioniere zu dieser Wahl delegiert waren. Beim anschließenden geselligen Beisammensein auf kulturvollem Niveau gehörte das Blauhemd ordentlich zusammengelegt in den Knautschlackbeutel.

Die geheimnisvollen Wege, zu echten Jeans zu kommen: Ehrbar war es, sie als Import in den Jugendmodeläden zu kaufen, ganz und gar unehrbar, sie geschickt zu bekommen, vielleicht noch in Nachbarschaft zu einem Stück Seife Fa, ziemlich ehrbar, sie vom Vater nach einer entsprechenden Dienstreise geschenkt zu bekommen, unehrbarer in natura, ehrbarer aus dem Intershop vom übriggebliebenen

Tagegeld. Am besten, man übernahm sie von jemand, der neue bekommen hat, zum Neupreis, versteht sich.

Reich konntest du aussehen, mit Zweitausendfünfhundert-marklammfellgefütterten-Exquisit-Wildledermänteln, goldfarbenen Samtkasaks, die nur in einer kleinen Serie aus Frankreich importiert wurden, du konntest zu weite und zu kurze Röcke tragen, meinetwegen rote Polyester-Faltenröcke, aber du durftest nicht verlottert westlich herumlaufen. Zum Beispiel: keine militärfarbenen Umhängetaschen tragen, auf denen School, City und Name aufgedruckt ist, lieber mittelblaue mit feuerroter Einfassung aus Ungarn (durch ihr festes Innenfutter behielten sie die Form, und du sahst immer ordentlich aus). Du solltest keine zu weiten Parkas mit Flicken tragen (der Gürtel saß sowieso zu tief auf der Hüfte), statt dessen Kutten, möglichst dunkelblaue, enganliegende Gürtel in der Taille, einknöpfbares synthetisches Fell. Du solltest den BH nicht auslassen, weil dessen Fehlen sich in gewissen Kreisen immer mehr durchsetzte.

2

Partei war für mich: Gegen das Westliche auftreten. Nicht im Westen einkaufen, nicht in die Funkausstellung gehen und nicht zur Grünen Woche, nicht ins Kino. Außer zu Flugblattaktionen überhaupt nicht in den Westen fahren, sondern drumherum. Zuerst etwas umständlich, dann mit dem Sputnik.

Überhaupt, dieses leidige Reiseproblem: Es lohnte nicht, darüber zu sprechen, denn es gab Wichtigeres. Das, was uns interessieren konnte, erfuhren wir aus dem Fernsehen. Eigentlich genügte es doch, wenn die Fernsehleute herumfuhren, um uns zu informieren. Sie hatten das gelernt, Kameraführung, Kommentare, Akzentesetzen undsoweiter. Wir wären nur so durch die Straßen gelaufen, ganz nutzlos. Mecklenburg war noch nicht erschlossen und viel erholsamer.

Zum Beispiel, von der Mona Lisa gab es wirklich gute Reproduktionen. Außerdem hätte man nie gewußt, ob sie gerade gestohlen oder gefälscht und ausgetauscht war. Paris lohnte sich also nicht. In London war immer Nebel, da hätte man sowieso nichts gesehen. Außerdem wurden die Öfen nicht ordentlich geheizt. In der Schweiz gab es nur Banken. In Wien hätte man dauernd Sachertorte essen müssen. In Italien konnte man entführt oder beraubt werden, und es gab kein Kleingeld. Die Benelux-Länder waren sowieso nicht auseinanderzuhalten. In Stockholm war meistens Winter, der Alkohol teuer, und die meisten nahmen sich das Leben.

Es blieb Westdeutschland. Aber da wäre man ohnehin ermordet und vergewaltigt worden oder in eine terroristische Bombe geraten.

Es genügte also, daß sich andere langweilten oder in Gefahr brachten, uns also vertretend.

Man mußte schließlich unterscheiden zwischen dem, was unsere Menschen nicht oder noch nicht interessierte, und dem, womit man sie nicht überfordern sollte. In den höheren Ebenen hatte man sich nämlich schon damit vertraut gemacht und konnte das abschätzen, schonend rationierend in der Wirkung einplanen: Für die Öffentlichkeit war das allerdings nicht bestimmt.

Ich kann Ihnen Informationen geben, die nur für diesen Kreis und sie sollten auch in diesem Kreis bleiben. Nur für den Dienstgebrauch. Der Minister hat mir in der vorigen Woche, der Erste Sekretär sieht das so. Das nur zu Ihrer Hintergrundinformation.

Und der Informierende schwieg, hatte Sorgenfalten, wählte aus zwischen den wichtigen Sätzen, die der und der gesagt hat.

Und bei dieser Bemerkung hat Er nachsichtig gelächelt, sagte der Informierende, dann gewöhnlich nachsichtig lächelnd zum Schluß.

3

So wurde Partei für mich: Kommentator meiner Gedanken. Die Einschätzungen verfolgte ich mit Interesse und Überraschung. Nach jedem Weltereignis hätte ich meine Gedanken wie Glasscherben in einem Kaleidoskop zu einem neuen Muster ordnen können. Es kam auf den richtigen Standpunkt an und auf die dialektische Sicht. Dazu gehörte, daß die Partei Fehler machen, Selbstkritik danach aber alles wieder gutmachen konnte.

Der richtige Standpunkt änderte sich. Er wurde noch richtiger. Zum Beispiel durch einen Parteitag.

So hatte die Partei für mich: immer Recht. Eine Weile hatte immer recht: der vierte Mann im Emblem. Die Allee, die seinen Namen trug, wurde später nach dem ersten Mann im Emblem umbenannt. Nun hatte die Partei wieder recht.

Dieses Kämpferische, sagt einer, und der ist inzwischen auch erwachsen, so alt wie ich, dieses Kämpferische, ich will nicht sagen, daß uns das fehlt, aber jetzt sind wir eben informierter. Das ist das, was man Leben nennt.

Und ich kenne Leute, die mir sagen, daß sie glauben, zunächst erst einmal vertrauensvoll glauben, wenn die Partei einen neuen Standpunkt erarbeitet hat.

Die Partei sehe das Ganze, jedoch wir nur die Teile.

# Innenhöfe

Man findet schließlich, was einem gehört.
(Anna Seghers, *Das wirkliche Blau*)

Abgesehen von kleinen Zeitunterschieden, sind heute Cervantes und Shakespeare gestorben. Und Shakespeare wurde geboren an seinem eigenen Todestag, er starb an seinem Geburtstag mit 52.
Gestern erblickte Lenin das Licht der Welt.
Montag in zwei Wochen wird Marx geboren.
Morgen stirbt Alfred Polgar.
Und ich denke über meine Generation nach. Ob wir etwas Besonderes sind.
Als ob wir etwas Besonderes sind.
Urgroßmutter, Großmutter, Mutter und Kind.
Urgroßvater, Großvater, Vater und Kind.
Noch bin ich nur Mutter und Kind, aber bald schon Großmutter.
Vierzig Jahre alt. Mein Kind kam früh.
Vier Generationen kann ich angehören. Erst an der Schwelle zur dritten komme ich zur Besinnung.
Jahrgang 1940. Die ersten Schulanfänger in Deutschland, die nicht mit Heil Hitler die Schulstunde begannen. Unschuldige damals.
Die Erinnerung an Tieffliegerangriffe, Bombenexplosionen, Panzergrollen, Flüchtlingstrecks, Weihnachtsbäume am Himmel. Sie verdirbt uns das Feuerwerk und das Gewitter und den Anblick einer Parade.
Meine Generation ist vierzig.
Vor uns endete die Begeisterung.
Und wir sehen immer noch zu.
Diese Chancen nach dem Krieg, diese Chancen für einen Neuanfang, sagen die Älteren kopfschüttelnd.
Wir standen doch wirklich ganz gleich da, sagen die einen.
Aber nur kurze Zeit, sagen die andern, nur einen Moment, eigentlich niemals.
Wir sind eine Versuchsgeneration. Wir berechtigten zu den schönsten Hoffnungen.
Die ersten Jungen Pioniere.

Unsere Lehrer, Neulehrer, hatten vor uns noch keine Schüler. Sie erzogen uns nach Pawlow.

Unsere vielen bedingten Reflexe.

Väterchen Stalin hatte von Anfang an am 21. Dezember Geburtstag. Dann erst gab es Weihnachtsferien. Zehn Tage später kam Väterchen Frost.

Die russische Sprache klang wie französisch. Wenn man gutwillig ist, sagte die Lehrerin.

Wir bekamen Bezugsscheine für Holzpantoffeln und durften beim Einkaufen die kleinen Abschnitte der Lebensmittelkarten nicht verlieren.

Wir trugen Leibchen und lange Strümpfe, Schleifen im Haar. Beim Kostümfest waren wir Schneeweißchen und Rosenrot, mit gebrannten Stocklocken im Haar.

Wir hatten es mit Garanten zu tun und mit Marksteinen, ewigen und immerwährenden, mit Vorläufern, unerschrocken, unvergeßlich. Immer lebte die Sonne.

Unverbrüchlich.

Die vielen roten Plakate mit der weißen Schrift.

Die Fotografien von Gesichtern, die wir an Stäben vor uns trugen und nach der Demonstration ordentlich zusammenstellten. Ach, es war alles zu groß für uns. Zu groß und zu laut.

Die Lautsprecher. Die Fanfaren. Die Gesichter.

Die alten Gesichter meiner Mitschüler, Sechsjährige.

Zwanzig Jahre später die Elternversammlung zur Einschulung meines Kindes. Wir Eltern saßen in den Bänken wie Schneewittchen bei den Zwergen. Vor uns die Klassenlehrerin. Unser Rennpferdchen Kind am Start. Die Belobigungen erhielten später wir, verlesen in den Betrieben.

Die Gesichter der anderen Mütter erschienen mir älter, würdiger, ernsthafter, wissender, bestimmter. Das sind richtige Erwachsene, dachte ich. Richtige Väter, dachte ich, wenn ich mir die Väter ansah.

Bei der Versammlung der Lehrlingseltern in diesem Jahr saßen sie wieder da, die anderen Eltern.

Meine Generation, dachte ich. Das hört sich doch gut an: meine Generation. Es hat etwas Zusammengehöriges und Ernsthaftes. Man könnte fast glauben, es gibt sie. Und so begann ich, von uns mit Wir zu sprechen und zu schreiben und las es ihnen vor.

Aber sie wehrten sich und grenzten sich ab von dem Wir. Ja, wenn ich sie nicht einbezöge, wenn ich alles in der Ichform schriebe. Dann ließen sich viele Ähnlichkeiten finden.

Sogar übereinstimmende Ansichten. Erstaunliche Gemeinsamkeiten. Aber die Älteren gehören doch auch zu einer Generation: Bei Beerdigungen kann man zum Beispiel sagen, mit dem Jahrhundert groß geworden, gehörte er/sie zu den ersten Studenten oder Arbeiterfunktionären der jungen Weimarer Republik, er/sie durchschaute die zunehmende Faschisierung in Deutschland, ging in den Widerstand oder konnte sich vor Hitler in die Emigration retten.

Nach der Zerschlagung des Faschismus gehörte er/sie zu der Generation, die ihre ganze Kraft für den demokratischen Neuaufbau zur Verfügung stellte, große Verdienste, Schlüsselstellung, Nahtstelle, ehrendes Gedenken.

Oder: Er/sie – das kann man bei einer Berentung sagen – gehört zur Generation der im ersten Weltkrieg Geborenen. Schulkind in der Weimarer Republik, Student oder Arbeiter, Angestellter, Beamter, Soldat unter Hitler.

Verwitwet hat sie – oder nach längerer Gefangenschaft hat er – wurzellos gelebt, bis er/sie sich einen festen und geachteten Platz in unserer Gesellschaft errang. Hat nicht abseits gestanden. Nun verdienter Lebensabend.

Er/sie – das kann man bei einer Auszeichnung sagen – gehört zur Generation der noch in der Weimarer Republik Geborenen, aber schon in der faschistischen Ideologie Erzogenen. Er/sie war zwar Pimpf oder Jungmädel, in Hitlerjugend oder BDM, Arbeitsmann oder Arbeitsmaid, Soldat oder Nachrichtenhelferin in den letzten Kriegstagen und erlag den Einflüssen der faschistischen Demagogie.

Dieser Generation – so kann man lobend sagen – brach zwar durch die Zerschlagung des Faschismus ihre ganze Welt zusammen, aber nach kurzer Desillusionierung und Desorientierung stürzte sie sich voller Elan undsoweiter.

Diese bleiben uns fremd in den langen vergeblichen Nachtgesprächen. Denn in ihrer Kindheit hingen die gefüllten Brötchenbeutel außen an der Wohnungstür. Mit einem leibhaftigen Vater unternahmen sie Familienausflüge. In der Schulzeit hatten die Jungens hart wie Kruppstahl, zäh wie Leder und schnell wie die Windhunde zu sein. Die Mädchen bald eine Mutter. Diese Lieder – Denn die Fahne führt uns in die Ewigkeit, unsre Fahne ist mehr als der Tod – hatten sie wirklich gesungen, kennen noch jetzt alle Strophen.

Nie können wir die Mauer dieser Erinnerungen überwinden. Wenn wir mit ihnen leben, führen wir zwei Leben, ihr erzähltes und unser gelebtes, die sich nicht decken. Ihr Leben mit einer bösartigen Geschwulst. Ja, durch unsre Fäuste fällt, was sich uns entgegenstellt. Das mußten sie singen, bis sie siebzehn waren.

Sie sind jetzt unsere Direktoren, unsere Präsidenten, unsere Parteisekretäre, unsere Professoren, unsere Obermeister, unsere namhaften Schriftsteller. Nach dem Krieg waren sie unsere 19jährigen Neulehrer. In ihren Windjacken aus der amerikanischen Gefangenschaft (aus der russischen kamen sie erst später) fühlten sie sich wirklich unschuldig. Mit 17 waren sie noch im Krieg, gut, aber sie hatten niemand getötet. Für eine neue Zukunft bauten sie nun die Heimat wieder auf. Bau auf, bau auf, bau auf, bau auf, Freie Deutsche Jugend, bau auf. Und unter der Windjacke trugen sie das Blauhemd und kurze Hosen, bis sie schon ganze feiste Beine hatten.

Sie waren für uns: die Erfahreneren, die Reiferen, die Verantwortungsbewußteren. Kluge große Brüder und Schwestern, die wir so dringend gebraucht hätten. Aber sie waren doch schon von Anfang an erwachsen, stürzten sich in Verantwortung und neuen Glauben.

Wir wurden die Schüler in ihrer Hand.

Noch heute sind sie die Erwachsenen. Und wir stehen um ihre Sockel herum.

Das ist doch viel zu vereinfacht. Das kannst du nun wirklich nicht sagen. Du hast die vielen Mitläufer vergessen. In allen Generationen vergißt du die Mitläufer. Die Nicht-Gegner und die Nicht-Gläubigen. Und dann gibt es viele, die nach dem Krieg skeptisch geblieben sind, obwohl sie da erst 17 waren. So viele haben sich nun auch nicht in den neuen Glauben gestürzt.

Überhaupt kommen die ganzen Mißverständnisse ja nur durch den Gebrauch des Pronomens Wir. Ich fühl mich da nicht angesprochen. Wir, nein.

Was wollt ihr, euch stehen alle Türen offen, strengt euch ein wenig an, das ist doch zu schaffen, wäre doch gelacht. Ihr braucht doch niemand mehr, der euch die Türen öffnet. Ihr braucht doch nur zuzulangen.

So gut hätten wir es auch gern gehabt.

Wir mußten uns alles schwer erarbeiten, was euch jetzt selbstverständlich ist.

Seid doch nicht so passiv, laßt euch nicht alles servieren. Wollt ihr denn noch geschoben werden.

Wir gingen durch die offenen Türen, immer schneller, wir liefen. Und hinter uns schlugen die Türen zu, links und rechts kein Ausgang, nur eine offene Tür vorn. Flucht nach vorn.

Ich weiß gar nicht, ihr seid alle so nervös. Als ob euch jemand treibt. Freut euch doch mal an der Gegenwart. Sieh mal, wie schwer wir es hatten, Nazizeit, Krieg, Männer im Krieg geblieben. Und ihr? Könnt studieren. Verdient viel.

*Was habt ihr eigentlich dauernd zu mäkeln.*

Offene Türen als Vorwurf.

Nicht unsere eigenen offenen Türen.

Für uns waren sie die geöffneten Sperren zwischen Löwenkäfig und Arena. Vorher haben wir gut zu fressen bekommen. Die Käfigtür ging auf, mit Forken wurden wir in den engen Gang getrieben, zur beleuchteten vergitterten Zirkusarena. Da sind wir durch den brennenden Ring gesprungen, haben gefaucht, wenn wir sollten, den Kopf des Dompteurs auf unseren Zähnen. Einer von uns sein Liebling. Der durfte noch allein bei ihm sein, durfte sich sträuben, mit der Tatze nach ihm schlagen. Das alles gehörte dazu.

Das alles gehört dazu.

Auch unsere Sehnsucht nach Ruhe, nicht nach einer eingeplanten Ruhepause, sondern nach selbstgefundener Ruhe, unserer eigenen Ruhe. Verharren, ohne Herzklopfen, ohne den Angstschweiß vor der nächsten Bewährungsprobe.

Und manchmal dieses befreiende Gefühl: Festgefügtes ist gar nicht festgefügt.

Es gibt unvorstellbare Übertretungen. Das Normale ist eine Übertretung. Die Übertretung ist normal.

Ich habe immer voller Faszination Übertreter betrachtet. Diejenigen, die nicht im Geschirr liefen. Die sich umgebracht haben oder die verrückt geworden sind. Die Untreuen. Die Unentschuldigten. Die sich entziehen. Die im Innenhof.

Zu den Innenhöfen kommt man von draußen, von draußen nach drinnen. Von außen vermutet man keinen Innenhof, die Hausmauer ist dunkelgrau, kein Vorgarten, der Bürgersteig bis an die Hauswand mit Steinen gepflastert, die Fenster geschlossen, zugezogene Vorhänge zu ebener Erde, nur ein Haustor, breiter als für einen Menschen, aber zu schmal für ein Auto, vielleicht geht ein Handwagen hindurch.

Öffnet man das Tor, aber nichts lädt dazu ein, ein Blick in einen dämmrigen Hausflur, an dessen Ende eine weitere Tür, angelehnt, ein Streif Sonnenlicht fällt herein. Niemand hindert uns beim Eintreten, wir gehen durch den dunklen Flur, öffnen die zweite Tür und sind im Innenhof. Fruchtbare Erde, Blüten, durchgehende Balkone in jeder Etage, von hieraus die Wohnungstüren. In reichlich zwei Metern Höhe Schnur gespannt, daran rankt Wein, spendet Schatten, aber auch nicht so viel Schatten, daß es zu kühl wird.

Ein Innenhof, in dem man ankommt, in dem es ruhig ist und nicht verlassen. Die Tür nach draußen ist hinter uns und nicht vor uns. Sie ist geschlossen, aber nicht verschlossen. Hier könnten wir vielleicht leben, geborgen und ruhig und freundlich, ohne Schuldgefühl spotten, ohne Bitterkeit lieben, ohne böse Vorahnung glücklich sein, sogar genießen.

Ja, wir würden einander glauben. Doch noch leben wir in Erwartung und suchend und ungeborgen. Vaterlos.

Meine Generation hat Großmütter und Mütter, Schwestern und Brüder, Kinder, aber keine Väter. Ohne Vater und immer auf der Suche nach ihm.

Unsere toten Väter. Unsere Mütter in Schwarz mit den beiden goldenen Ringen am Ringfinger. Der zweite abgezogen von seiner toten Hand, zurückgeschickt von der Front, enger gemacht. Du mußt mir jetzt den Vater ersetzen, sagten die Mütter zu ihren Siebenjährigen. Dein Vater hätte mir jetzt beigestanden. Aber du bist ja nun auch schon groß, jetzt kann ich mit dir alles besprechen. Du bist so vernünftig, mein großer Junge/mein großes Mädchen. Wir werden aus Vaters Anzug und Wintermantel Sachen für dich und mich machen lassen.

Wir begannen, uns nach unseren Vätern zu erkundigen. Sie waren zärtlich, gutmütig, treu, sparsam, konnten keiner Fliege etwas zuleide tun und liebten ihre Frauen mehr als ihre Mütter, sagten unsere Mütter. Sie waren guterzogen, intelligent, doch faul, sportlich, hatten Glück bei Frauen, nicht nur bei der eigenen, und wären gute Familienväter geworden, wenn auch gerade diese Frau nicht ganz zu ihnen paßte, sagten die Mütter unserer Väter.

Zu diesem Bild kam das, was wir in der Schule und im Radio hörten, in Büchern und in den Zeitungen über unsere Väter lasen.

Wie grausame Sagen. Unvorstellbar. Aber wir glaubten es.

Glaubten es im allgemeinen.

Doch unser Vater war das nicht. Mein Vater war das nicht, dachte jeder von uns.

Mein kurzsichtiger Vater, mit dem Schmiß im Gesicht? Nein, dachte ich.

Wie seltsam, in meinem ganzen Leben habe ich nicht ein einziges Mal mit einem Nazi gesprochen. Wie vom Erdboden verschwunden waren sie in meiner Nähe. Sollten wirklich alle im Gefängnis oder im Westen sein? In der Zeitung die Mitteilung über einen bei uns unter falschem Namen und mit falschem Fragebogen Untergetauchten, von Opfern erkannt, nun verurteilt.

Wenn wir nicht ganz sicher wüßten, daß unser Vater tot ist, könnte nicht er es sein?

Unser merkwürdiges Schuldgefühl. Immer das falsche. Wir schämten uns für andere Sachen als die, für die wir uns schämen sollten.

Wir schämten uns, Deutsche zu sein.

Auf Zehenspitzen gingen wir in die ehemals deutschen oder von Deutschen besetzten Länder, in ihre Städte.

Nur nicht als Deutscher erkannt werden.

Es gibt Stadtviertel in Warschau, da wirst du bespuckt, wenn du laut deutsch sprichst, warnten wir uns gegenseitig.

Wir waren stolz, wenn uns jemand sagte, das habe ich nicht gedacht, daß du Deutscher bist. Ich hielt dich für einen Schweden, Polen oder Franzosen.

Wir sollten keine Kollektivschuld empfinden. Wir sollten uns auf die revolutionären Traditionen in Deutschland besinnen, sie auswendig lernen, darauf stolz sein, sie weiterführen.

Daß Hitler Macht bekam und auch Bewunderung, wohlgemerkt, lag, lernten wir, nicht am Wesen des deutschen Volkes, sondern an einem bestimmten Stadium des Kapitalismus. Wir hätten damit nichts zu tun.

Und trotzdem lassen wir uns ein in eine sinnlose Verteidigung. Unser Rosenkranz, wir beten ihn zu unserer Beruhigung immer wieder herunter: So schlecht sind wir doch gar nicht, wir Deutschen.

Nur manchmal sind wir insgeheim stolz, zu diesem Volk zu gehören, das sich teilt und vereint und bekämpft und haßt, hochmütig und pedantisch und sentimental, hausbacken und weltfern. Und wie wir auch die anderen klingenden Sprachen bewunderten und wie wir uns auch verachteten, heimlich sind wir dann einverstanden mit unserer Geburt. Aber das würden wir nie zugeben.

Nie.

Weißt du, daß du gefährliche Gedanken äußerst? Gefährlich, weil man sie mißverstehen kann. Denk an die polnische Lehrerin, die empört und angstvoll wurde. Nie, sagte sie, dürfte ein Deutscher an seiner Schuld zweifeln, ja, auch wenn er damals noch nicht geboren war. Unsere Kinder und Enkel müßten mit diesem Schuldgefühl aufwachsen.

Beschreibe also genauer, was du meinst.

Die Augen bedeckt, rückwärts gewandt, sind wir stehengeblieben, gebannt von der Schuld der Vorigen, wollten uns schützen vor der heiseren Stimme und den berauschten Gesichtern, von unten gefilmt. Erdrückt von dieser Vergangenheit, blind für die Jahrhunderte davor, vergaßen wir den heutigen Tag.

So, diese, unsere Schuld vielleicht noch gerade rechtzeitig erkennend, könnten wir weitergehen.

Sonst wäre ja alles mit uns umsonst geschehn.

# Mein Vater

Am fünften Dezember denke ich an ihn, jedes Jahr. Früher mußten sie mich noch an das Datum erinnern. Meine Mutter, meine Großmutter sagten dann: Heute ist der fünfte Dezember.

Aber in den letzten Jahren kommen die Gedanken an ihn ganz von selbst, schon einige Tage vorher.

Ende November, die Straße bleibt den ganzen Tag feucht, wenn es morgens nieselt. Das Abendbrot schon bei Lampenlicht, die Wärme beim Eintreten in die Wohnung, der warme Kachelfußboden im Bad morgens. Es wird Winter. Außerhalb der Stadt soll es schon geschneit haben.

Anfang Dezember. Die kurzen Tage. An diesem Tag war er also achtundzwanzig Jahre alt. 28 Jahre, 3 Monate und einen Tag genau.

Alles an diesem Tag läuft minutiös für mich ab. Wie in einem Film seh ich ihn vor mir und hab ihn doch nicht gesehn. Keiner, der es mir erzählt hat, hat es mit eigenen Augen gesehen. Und doch denke ich, sie wissen es besser, hab sie immer wieder gefragt.

Er steht also in einer Reihe mit anderen Männern, die Brille mit dem runden Horngestell. Ein Mann tritt vor und befiehlt ihm, im Wald dahinten Menschen zu suchen, aufzuspüren, die Gegend von ihnen zu säubern, mit einigen anderen.

Aber ist es ihm überhaupt befohlen worden? Er wollte doch Offizier werden, das habe ich in seinen Briefen gelesen. Er wird sich doch nicht freiwillig gemeldet haben? Er wird doch Angst gehabt haben.

Die Beförderung, ja, aber die tödlichen Waffen der anderen, die Gefangenschaft?

In der Nähe ein Friedhof, dort lagen schon Kameraden. Sie hatten noch ein Grab bekommen, jeder ein eigenes Grab. Die Erde ließ sich noch ausheben.

Er lief also mit den anderen über das Eis, über einen toten Arm der Wolga, mit Lederstiefeln, in der Sommeruniform, eine Zielscheibe.

Ein Eindringling, ein Feind, vor dem man das Land schützen mußte, dachten die Männer im Wald und warfen eine Handgranate. Auf ihn gezielt. Sie mußten mit Munition sparen.

Bemerkte er sie, während er ängstlich in eine andere Richtung sah? In den undurchdringlichen Wald?

Wie sollte er dort Menschen finden, in Erdlöchern, Menschen, die den Wald kannten, jedes Versteck? Wie sollte er dort einen einzigen Menschen finden, in diesem fremden Land, zu Hause . . .

Auf die Handgranate hat er sich direkt geworfen. Und war sofort tot. Am fünften Dezember Neunzehnhunderteinundvierzig. An diesem Tag begann die sowjetische Gegenoffensive.

Was weiß ich von ihm?

Er hat mich noch im Frieden gezeugt. Hitlerzeit, aber Frieden. Januar Neunzehnhundertvierzig minus neun gleich April Neunzehnhundertneununddreißig. Da war noch Frieden.

Als meine Mutter wußte, daß sie schwanger war, gab es immer noch keinen Krieg. Denn es war erst Juni, als sie es sicher wußte. Ihr erstes Kind. Und ihr einziges.

Sie waren fünf Jahre heimlich verlobt, ein Jahr offiziell, jetzt heirateten sie und waren acht Wochen ein richtiger Ehemann und eine richtige Ehefrau. Mit Wohnung am Kreuzberg in Berlin. Die schweren Gardinen, die Lederklubsesselgarnitur, der echte Teppich, das Tafelsilber, das Porzellanservice Maria Weiß. Und die modernen Ansichten von der Ehe: Beide wollten sie arbeiten, Mittagessen natürlich im Restaurant.

Acht Wochen eine richtige Ehe mit Nachhausekommen, Erwarten, Erwartetwerden, Gespräche über die Tagesarbeit, den geplanten Lampenkauf.

Am vierten September 1939 hatte mein Vater Geburtstag, seinen sechsundzwanzigsten. Da war er schon Soldat, da wurde schon geschossen, angeblich zurück. Vom Januar 1940 bis zum Dezember 1941 hat er noch gelebt, einige Urlaubstage zu Hause.

Zur Taufe sein Foto mit der halbweißen Stirn, die sonst unterm Stahlhelm steckte.

Im Herbst das Foto im eleganten Anzug, meine Mutter im Seidenkleid, in einem Park mit Tauben, mit einem kleinen Kind im Arm.

Im Winter in Uniform im Schnee mit meiner Mutter und einem kleinen Kind im Kinderwagen, auch im Park.

Dann das Foto von seinem fast zweijährigen Kind und seiner Frau, die Zähne entblößt zum Lächeln, mit todernsten Augen. Dies Foto kam zurück an die Absenderin, zusammen mit dem übrigen Päckcheninhalt, den Weihnachtsplätzchen, den gestrickten Handschuhen, der Weste und seinen Ringen, dem Ehering und dem Siegelring, der Stein ein Bluttopas. Das Päckchen hat er nicht mehr bekommen.

Fürs Vaterland, auf dem Felde der Ehre, im Kampf gegen die Bolschewisten in deren eigenem Land.

Zu Hause hat er immer gleich die Uniform ausgezogen. Keiner Fliege konnte er etwas zuleide tun, aber im Krieg nahm er einem alten russischen Bauern die einzige Kuh weg.

Fleischbeschaffungskommando, schrieb er.

Er war groß und breitschultrig, als Student war er in einer schlagenden Verbindung, ruderte, lief Mittelstrecken.

Es gibt ein Foto von ihm in pfauenhafter Aufmachung.

Er konnte Rauch nicht leiden – sein Bruder mußte den rauchigen Anzug im Wohnungsflur aufhängen, wenn er vom Tanzen kam.

Er war streng erzogen. Pünktlich um sechs Uhr abends war er zu Hause beim Abendbrot, weil es danach nichts mehr gab. Die Jungens wurden von früh an Ordnung gewöhnt. Als kleines Kind saß er, wie seine Mutter sagte, stundenlang ruhig am Fenster, wenn Besuch da war. So ein guterzogenes Kind hatte es in Schwedt noch nicht gegeben.

Aber auch in Greifswald, nach dem Umzug der Eltern, fiel die Familie auf. Die Mutter gab Hausunterricht für die Söhne der reichen Bauern aus umliegenden Dörfern, damit sie das Einjährige schafften. Der Vater promovierte summa cum laude in Staatswissenschaften und wurde, so steht es auf seinem Grabstein, Mittelschulkonrektor. Auch er kam mittags pünktlich um zwölf Uhr in der Schulpause nach Hause. Wenn die Glocken läuteten, goß meine Großmutter die Kartoffeln ab.

Der Bruder war zwei Jahre jünger und starb zwei Jahre später. Auch im Krieg. Seine Mutter überlebte ihn um 27 Jahre, aber sein Vater nur um vier.

Ich kann mich an meinen Vater nicht erinnern. Aber ich lebe mit ihm: seinen Aussprüchen, seiner Kindersprache, seinen Fotos mit den kurzsichtigen Augen, seiner zerschlagenen Wange, seinen weiten Anzughosen, seinen Ruderholmen in den Händen, seiner Zärtlichkeit, seinem Humor, seinem ausgeglichenen Wesen, seiner Anziehung, seinem wiegenden Gang, seinen früheren Freundinnen, seiner vermeintlichen Arroganz, seinen Locken, als er drei war, seinem Ring mit dem Bluttopas, der für mich enger gemacht wurde.

Denn ich war wie er, hatte seinen wiegenden Gang, sein ausgeglichenes Wesen, seine Sprunghaftigkeit, seine Begeisterungsfähigkeit, seine großen Hände, seine schweren Augenlider.

Ich war nicht nur ganz mein Vater, ich wurde geliebt als sein Kind von seiner Mutter und seiner Frau.

Diese Ähnlichkeit, und sie hat ihn doch gar nicht mit Bewußtsein gesehn.

Hab immer seine Nase nicht, doch habe nur sein Herz, sangen sie abends an meinem Bett.

Er hat soviel erlebt, und es gab so viel von ihm zu erzählen, daß sein Leben wie ein aufgeblättertes Buch vor mir lag.

Ich war zwanzig. Was hat er da gemacht?

1933 war es. Er studierte schon Jura. Mädchen aus der guten Gesellschaft der Kleinstadt machten ihm Avancen. Doch er mochte es nicht, wenn ihm eine entgegenkam. Deshalb wollte er auch die Berliner Studentin, die sich bei ihm ummelden sollte, ihm, dem Leiter der Studentenschaft. Er nahm die Füße nicht vom Schreibtisch, sie antwortete schnippisch. Meine Eltern.

Dann war ich fünfundzwanzig. Was hat er da gemacht? 1938 war es. Und es gibt drei eingeklebte Fotos, von ihm, seinem Bruder und seinem Vater: alle drei in der neuen SA-Uniform. Und meine Eltern verlobten sich. In dem Alter ließ ich meine erste Ehe scheiden.

Ich begann parallel zu ihm zu leben: 27, 28, jetzt 28 Jahre, 3 Monate und 1 Tag: der 8. April 1968. Von heute an, dachte ich, überlebe ich ihn, lebe mein eigenes Leben, lebe nicht mehr im Schatten eines Erwachsenen, eines Verklärten, an den ich erinnere.

Denn ich bin ich und nicht nur seine Tochter.

Ich habe die Tage gezählt, dann die Jahre. Schon zehn Jahre. Elf Jahre. Zwölf Jahre.

Er hat Ähnlichkeit mit dir, sagen die Leute von meinem Sohn, besonders die Augen.

Neulich hab ich ihn so angesehn, sagte meine Mutter, die Frau meines Vaters, und da hab ich mit einem Mal gemerkt, was er für eine Ähnlichkeit mit deinem Vater hat, der Gang, die Bewegungen, er hat ihn doch nie gesehen. Auch sein Wesen, sagte meine Mutter, dieser Familiensinnn, dieses Gemütliche. Ja, ganz ohne Zweifel, er kommt nach seinem – ja, es ist ja nun sein Großvater.

Ich bin ganz sicher, sagte sie mit einem Blick auf mein Kind.

# Luft zum Leben

Eine Mutter stellte ich mir anders vor.

Nein, eine Mutter war ich nicht. Meine Bauchdecke war so fest. Wie sollte darunter ein Kind wachsen? Und wie sollte es aus mir herauskommen? Es müßte mich ja zerreißen. Und dann wäre immer ein Kind da, wenn ich weggehen, verreisen, ausschlafen, lieben will.

Aber ich wurde schwanger mit neunzehn. Und die Ärztin, die mich schon lange kannte, die die Schwangerschaft feststellte und mein Erschrecken sah, sagte zu mir, wenn du es nicht heute deiner Mutter sagst, rufe ich sie an. Kein verantwortungsvoller Arzt wird bei dir eine Unterbrechung vornehmen.

Sie war katholisch und hatte vier Kinder. Und bei uns gab es noch keine legale Unterbrechung. Ich kannte niemand, der es gemacht hätte.

Der Vater des Kindes hatte noch nie mit einer so unerfahrenen Freundin zu tun gehabt und schlug mir, wenn ich es mir mit dem Kind nicht anders überlegte, eine Eheschließung vor.

Ich hatte keinen Vater, keinen großen Bruder, keinen Freund gehabt, ich war so dankbar für Interesse an mir, für das Interesse eines Mannes, daß ich es für Liebe hielt.

Ich habe alle schlimmen Zeichen übersehen. Und wir heirateten.

Die Wohnungen der anderen Frauen, die er zu streichen, die Schallplatten der anderen Frauen, die er abends noch anzuhören hatte. Ich habe wirklich daran geglaubt.

Ich brachte mein Kind um 6 Uhr 25, an einem Sonnabendmorgen zur Welt. Ich lag im Krankenhaus, eine Hebamme drückte mit einem Knie vorsichtig auf meinen Bauch, mir zu helfen. Eine Ärztin lauschte mit einem Hörrohr auf die schwachen, immer schwächer werdenden Herztöne. Mahnte zur Eile. Ich war wach bis zum letzten Moment.

Bis zum ersten Moment: Ein kleines faltiges bläuliches Kind, die Nabelschnur um den Hals gewickelt, fast erstickt an seiner meiner Nabelschnur. Zu stark hatte es sich bewegt, so sehr hatte es schon gelebt: mein Kind. An meiner seiner Nabelschnur hätte es ersticken können. Es hätte vorher gelebt und wäre tot geboren.

Einundzwanzig, zwei und zwanzig drei. Ich zählte, so langsam ich zählen konnte. Aber mein Kind schrie nicht. Es hing, mit dem Kopf nach unten, mit beiden Füßen in den Händen der Ärztin, wie leblos.

Ich hatte es zur Welt gebracht. Und nun konnte es in der Welt nicht atmen, nicht schreien.

Ich sah, daß es ein Junge war. Ich sah ihn atemlos an. Ich sah, daß sie eine lange dünne Glasröhre in seinen Hals steckten, Flüssigkeit absaugten. Wie sie sich beeilten. Sie antworteten mir gar nicht.

Da schrie mein Kind. Es lebte.

Ich hatte zuviel Milch. Sie legten mir noch das Kind meiner Bettnachbarin an.

Zwei Wochen später Prüfungen im Studium, zwischen den Stillzeiten. Ich war zwanzig.

Als das Kind ein Vierteljahr alt war, brachte ich es jeden Morgen in die Kinderkrippe, pumpte die Milch ab und gab sie mit.

Als das Kind drei war, brachte ich es in den Kindergarten.

Im Winter den Kinderwagen durch den Schnee. Abends das müde Kind, das schreiende Kind, das kranke Kind. Und meine Müdigkeit, mein Schreien, meine Krankheiten.

Das zweite Kind wäre ein Jahr jünger gewesen. Ich habe es nicht geboren.

Mein Kind war vier, als die Scheidung begann, und sechs, als ich endlich mit ihm in eine andere Wohnung zog. Seitdem sind dreizehn Jahre vergangen. Und da gab es immer ein Kind: Am Abend. Am Morgen. Am Wochenende. In den Ferien.

Ich mußte immer an Brot denken, an Butter, an Milch, an Schularbeiten, Elternversammlung. Ich habe soviele Essen gekocht und soviele Pullover gewaschen und soviele Windeln, die froren nachts auf dem Hof. Und ich habe soviel geschimpft und um Ruhe gebeten und um Nachgiebigkeit und Rücksicht. Und ich habe das Kind bedrückt mit meinen Erwartungen, meinen Wünschen, war enttäuscht und entmutigt und hab es so zärtlich geliebt, wenn es im Bett lag und schlief. Und ich habe mich geschämt, weil ich keine sanfte Mutter war, keine streichelnde zärtliche weiche. Aber dies Kind war wie mein Arm. Den streichle ich auch nicht, den hab ich.

Das erste Mal, als ich das Kind abends allein ließ. Es war vier Monate. Und wir fuhren mit der S-Bahn ins Theater.

Es war zu Hause satt und sauber eingeschlafen. Aber in der Bahn war mir plötzlich, als ob ich an einer langen Nabelschnur mit ihm verbunden sei.

Ein Kind, das hielt mich in der Welt. Nie mehr zogen mich Autoscheinwerfer auf die Straße.

Als das Kind zum ersten Mal morgens in seinem Bettchen kniete, als es zum ersten Mal lief, von seinem Vater zu mir, dachte ich, jetzt braucht es dich schon wieder etwas weniger. Und darauf war ich stolz.

Einmal war es todkrank, mit dreieinhalb Jahren. Nachts weckte es mich, erbrach sich, hatte hohes Fieber. Wir holten den Rettungsarzt, am nächsten Tag die Kinderärztin, und jeden Tag baten wir sie, wiederzukommen, weil es schlimmer wurde mit dem Husten, bis sie, müde unserer Anrufe, schließlich eine Krankenhausüberweisung vornahm, zur Blinddarmoperation. Aber es war eine Vereiterung in der Lunge. Und die Stationsärztin machte uns Hoffnung, daß unser Kind die Nacht überlebt.

Sein Vater hatte die Sachen des Kindes wieder mitbekommen: seine rote Wollmütze, seine kleinen Stiefelchen, seinen Mantel. So stand er in der Wohnungstür und dachte, nein, er sagte es: Es stirbt, und du hast Schuld.

Ich konnte diese Nacht schlafen, erschöpft und ruhig, ganz sicher, es überlebt. Am nächsten Morgen sagten sie uns, wir könnten es sehen. Aber nur heimlich. Es darf sich nicht aufregen.

Es lag in einem Einzelzimmer unter einem Sauerstoffzelt. Die Schwester zog sich noch einen Kittel über ihren Kittel, als sie an sein Bett trat.

In der Nacht war es punktiert worden. Der Eiter war abgezogen. Es hatte Bluttransfusionen erhalten.

Und nun sah es uns doch durch die Glaswände.

Was hatte es in der Nacht alles erlitten. Und ich hatte nicht bei ihm gesessen, hatte es nicht getröstet, hatte nur auf die Schwestern und Ärzte vertraut.

Es sah uns und richtete sich mühsam auf und streckte die Arme nach uns aus und weinte. Es lebte.

Einmal, als es schon in die Schule ging, kam ich nach Haus und sah auf dem Bürgersteig Blutspuren, die zu unserer Haustür führten. Dort stand eine Menge Kinder, sie beugten sich herunter, mein

Kind saß in der Mitte und hielt sich seinen Kopf. Blut lief ihm über die Augen. Eine Wunde an der Stirn. Es hatte sich beim Rollern umgesehen und war gegen einen Betonpfeiler geprallt.

Das Kind, das zum ersten Mal allein mit dem Zug ins Erzgebirge zu den Großeltern fuhr. In meinen Gedanken saß es in einem immer kleiner werdenden Zug und fuhr südlich, fuhr ganz allein, mit Stullen und einer Mark für Brause, fuhr auf der Landkarte südlich, von mir weg.

Seine Mädchen: Setzen sich gleich in sein Zimmer. Nein, keinen Tee. Sie möchten lieber eine rauchen. Wollen auch nicht zunehmen, bei der Pille muß man ja aufpassen.

Mutter, wie kommt es, daß immer Mädchen was von mir wollen, von denen ich nichts will? Und warum traue ich mich an die andern nicht ran?

Mutter, warum hast du dich scheiden lassen? Ich finde Vater in Ordnung. Du warst auch nicht ohne Schuld, hat er gesagt. Also, ganz ehrlich, so wie es jetzt ist, ist es besser: Sie paßt besser zu ihm als du. Und ihr zu Hause paßt auch besser zusammen.

Hast du schon mal erlebt, daß man jemand kennenlernt und mit dem sofort reden kann, stundenlang? Den ganzen Abend, die ganze Nacht? Und daß man mit dem dann auch schläft? Und am nächsten Tag aufwacht und dann mit dem rausgeht und Mittag ißt und immer so weiter reden könnte?

Also, mein Sohn war erwachsen.

Er lernte Bäume fällen. Er konnte Bäume entasten, mit dem Beil, so scharf, daß man auch Brot damit schneiden konnte. Er lebte tagsüber im Wald, in den Pausen im Wohnwagen, den sie morgens heizten. In der Frühstückspause rösteten sie Brote auf dem Ofen.

Er lernte Traktoren fahren, Baumstämme abschleppen, Lastkraftwagen lenken. Und er lernte, Zapfen zu pflücken:

Du mußt den Baumstamm hochsteigen. Du umklammerst ihn dabei. Die Seile hast du auf dem Rücken. Dann mußt du dich sichern: Du wirfst ein Seil in den Baumwipfel, steigst höher und sicherst dich mit dem Wipfelsicherungsseil. Wenn du im Wipfel bist, mußt du ja beide Arme frei haben zum Zapfenpflücken. Wenn du etwas falsch gemacht hast mit den Seilen, kann es schief gehen. Du mußt oben loslassen können und hast dich selber gesichert, verstehst du? Du ganz allein bist schuld, wenn du runterfällst, verstehst du? Der Meister steht unten und sagt, nun laß los. Das ist vielleicht ein Gefühl. Da oben in der Luft, ganz allein.

An einem Donnerstag um 12 Uhr, als er 19 geworden war, haben wir ihn zur Armee gebracht: sein Vater, seine Freundin und ich.

Alle hatten sie kurze Haare, Jeansanzüge, Tramper, Kutten. Und als der Offizier in Zivil die Jungens fragte: Haben Sie noch Fragen? riefen einige gutgelaunt: Wann ist der erste Urlaub, wann werden wir entlassen?

Der Offizier sagte ruhig zu ihnen: Wir gehen jetzt zum Bahnhof, von dort fahren wir mit der Bahn zum nächsten Sammelpunkt. Ohne Tritt Marsch. Und die Jungens gingen plötzlich zu zweit, auf der Straße und nicht auf dem Bürgersteig, die enge Kopfsteingasse den Berg hinunter.

Er drehte sich um und winkte, bis sie um die Ecke verschwunden waren. Und ich dachte an die Jahrhunderte, in denen immer wieder Mütter und Freundinnen ihren Söhnen und Freunden so hinterhergesehen hatten.

Zehn Tage später war seine Vereidigung: An einem Mahnmal. Alle im Stahlhelm mit bleichen Gesichtern. Der Weg zum Mahnmal ging über den Friedhof. Hin an den Gräbern vorbei, und auch zurück an den Gräbern vorbei. Die Frauen, die die Gräber harkten.

Ich erkannte ihn nicht unter den vielen Stahlhelmen. Und er sah uns unverwandt von der Seite an, das Gesicht nach vorn ausgerichtet, bis wir ihn erkannten. Dann war es gut. Danach durften wir noch ein wenig bei ihm stehen. Ihn anfassen, streicheln. Wir befühlten seinen Uniformstoff, den Stahlhelm, den am Morgen frisch geölten.

Wie hübsch er in der Uniform aussieht, sagte seine Freundin leise zu mir. Sie steht ihm am besten von allen hier, nicht?

Er stand groß und schlank da. Mit ernsten grauen Augen. Sah seine Eltern an, sein Mädchen an der Hand, und sagte lächelnd: Ihr habt gar nicht gesehen, daß ich Ehrensoldat war. Ich mußte die Fahne nach vorn bringen. Haben wir ganz schön üben müssen.

Ein deutscher Soldat, dachte ich. Ich habe ein Kind, das ein deutscher Soldat ist. Mein Vater, der war nur neun Jahre älter, als er starb als deutscher Soldat.

Ich sah meinem Sohn die Übernächtigung an, die Sorge, etwas falsch zu machen. Und fand ihn auch schön, so absurd es klingt, und schämte mich ein wenig für den Gedanken. Meine Großmutter hatte von meinem Vater gesagt, er sah in Uniform sehr männlich aus. Ich konnte doch nicht auch so denken.

Nach dem Mittag durften wir noch zwei Stunden mit ihnen zusammensitzen. Da versammelten sich die Familien um ihren einen Uniformierten: die Frauen mit ihren kleinen Kindern, die Geschwister, die Väter, manchmal selbst in Uniform, und wir, beladen mit Thermosbehältern und Früchten. Wenn er aufstand, langte er nach seiner Mütze und seinem Koppel.

Dann mußten sie sich sammeln und aufstellen und im Gleichschritt Marsch in die Kaserne zurück. Wir gingen noch neben ihm her, liefen, um ihn nicht aus den Augen zu verlieren.

Dann marschierten sie durch die Kaserneneinfahrt.

Seine Zivilsachen hatte ich schon einen Tag zuvor zu Hause ausgepackt. Jetzt hat er nur noch seine Uniform, dachte ich.

Und als wir ihn nicht mehr sehen konnten, sahen wir uns an, seine Freundin und ich. Ich sah verschwommen, wie sie lächelnd weinte: Fünfhundertdreißig Tage noch. Der hat nur mich und, sie zögerte kurz und sah mich freundlich an, der hat nun bloß mich und Sie, die ihn lieb haben dadrin.

Nach elf Tagen schrieb er: Nun bin ich genau drei Wochen hier. Das Schwerste ist schon so gut wie überstanden.

In der vergangenen Woche wachte ich nachts aus einem furchtbaren Traum auf: Ich war schon ganz alt und erzählte weinend einem Unbekannten, daß mein Kind während der Armeezeit dran glauben mußte. Ich setzte mich voll Grauen im Bett auf.

Heute bekam ich zwei Briefe von ihm: der erste ein normaler, der zweite mit Eilboten. Im ersten schrieb er, daß sich in seiner Gasmaske beim Rennen über die Sturmbahn ein Gummipfropf am Filter festgesaugt und er keine Luft mehr bekommen hatte. Vor Schreck hätte er vergessen, wie er die Gasmaske abkriegen sollte. Die anderen hätten es gesehen und ihm nicht geholfen. Da hätte er sich alles vom Kopf gerissen und lebe noch. Aber das sei alles kein Grund zur Panik.

Im zweiten Brief, der war ihm wichtiger, schrieb er: daß er auf Urlaub kommt, für drei Tage, schon übermorgen. Und ich soll es allen sagen und ich soll alle netten Leutchen grüßen und die Freundin weiß es auch schon und wir sollen mit dem frühstmögli-

chen Zug rechnen und er hat keine Schlüssel, dick unterstrichen,
und er möchte mit ihr allein sein.

Und die Anrede war zum ersten Mal: Liebes Mütterchen.

# Der Tod meiner Großmütter

1

Als ob er immer der gleiche ist: der Tod.

Der Tod kam zu früh, er raffte hinweg, der Tod ereilte ihn, der Tod und das Mädchen. Zum Tode verurteilt. Todessehnsucht. Im Tod vereint. Angst vor dem Tod. Der Schlußpunkt. Endgültig.

Ein siebzehnjähriges Mädchen muß sterben. Sie weiß es und bespricht mit ihrer Mutter, was mit ihren Augen werden soll: Die Augen soll ein blindes Kind bekommen. Damit es mit ihren Augen sehen kann, wenn sie tot ist. Die Augen eines Geliebten in einem fremden Gesicht. Wenn die Mutter einkauft, dann kann hinter ihr in der Schlange das kleine, nicht mehr blinde Kind stehen und sie ansehen: mit den Augen ihrer Tochter.

Auch wenn ich tot bin, könnten meine Augen weiter sehen. Die Pupillen könnten sich zusammenziehen bei grellem Licht. Fremde Augenlider, fremde Tränen auf meinen Augäpfeln.

2

Tote sehen dich immer noch an, immer weiter an, ohne den erlösenden Lidschlag. Mit offenem Mund. Meine Oma hat mich so angesehen. Sie hat mit dem Sterben gewartet, bis ich aus der Schule kam. Komm an mein Bett.

Ich war ihre Schwester Ella, und wir saßen in ihrem Kinderzimmer im Elsaß.

Geh nicht weg von mir, gib mir die Hand.

Es war wieder Zeit für das Morphium.

Die schwarze bestrahlte Brust, die Geschwulst im Rücken.

Die Krankenschwester mußte gleich kommen, sie kam doch immer um elf Uhr zu uns nach Hause.

Ich war sechzehn, ich hatte noch nie einen Menschen sterben sehen und war ganz allein bei meiner Oma. Sie war achtundsechzig, hatte noch ganz schwarze lange Haare und große dunkelblaue Augen.

Ella, sagte sie leise zu mir, gib mir ein wenig Saft, aber komm gleich zurück.

Ich brachte ihr den Saft, half ihr beim Trinken, setzte mich zu ihr, hielt ihre Hand. Der erste Ferientag im Sommer, das offene Fenster mit dem Apfelbaum davor, die vielen Wochen schon ihre Schmerzen, ihr Stöhnen.

Entschuldige, aber es tut so weh.

Das Morphiumrezept mit den vielen Durchschlägen, das eine kleine Fläschchen, das nur für einen Tag reichte.

Ich sah ihr in die Augen, sie war schon besinnungslos.

Ich wünschte so, daß sie jetzt stirbt.

Und sie erbrach sich und starb.

In meinem Schmuckkästchen liegen große Zähne mit Goldkronen darüber. Von wem mögen sie sein? Ob man sie jemand herausgebrochen hat, als er tot war?

Meine Oma hatte Brillantohrringe, die waren in ihre Ohrläppchen fest eingewachsen, nach dem Krieg haben die Soldaten sie ihr nicht herausreißen können. Und nun nahm sie sie mit ins Grab.

Wie konntest du ihr die wertvollen Ohrringe lassen, sagte meine andere Großmutter vorwurfsvoll, sicher hat sie jemand herausgeschnitten.

Aber ich konnte ihr doch nicht die Ohrläppchen aufschneiden. Womit denn? Mit einer Nagelschere?

Ich habe meine Oma nicht mehr berührt, als sie tot war. Ich saß an der Tür und sah sie an, bis es klingelte und die Krankenschwester kam. Die sagte mir, daß ich einen Arzt für den Totenschein holen muß. Aber vorher wollten wir sie schön machen.

Die Schwester wusch und kämmte meine Oma. Vorher schloß sie ihr die Augen. Sie zog ihr ein neues Nachthemd an. Ich weichte die Wäsche ein mit dem Erbrochenen, ging zur Ärztin, rief meine Mutter im Dienst an: daß ihre Mutter gestorben ist. Dann ging ich zum Bestattungshaus, suchte den Sarg aus. Mit dem Totenschein ging ich zur Polizei und zum Standesamt. Vorher schickte ich die Telegramme an die Beerdigungsgäste.

Dann kam der Beerdigungstag, ich machte Kartoffelsalat, wusch ab. Den Koffer hatte ich schon gepackt.

Dann setzte ich mich in den Zug zu meiner anderen Großmutter.

Weit weg zu den Lebenden.

Aber nachts in vielen Träumen kehrt meine Oma zu mir zurück. Ihr Sarg steht in einem großen Raum, der Sargdeckel öffnet sich. Sie stellt sich auf, mit gestreckten Beinen erhebt sie sich. Und ich weiß, daß sie Krebs hat, daß sie noch furchtbare Schmerzen haben wird und ängstige mich, wie lange die Qual noch gehen werde. Wenn sie doch schon tot wäre, immer wieder muß sie auferstehen, denke ich verzweifelt. Und wenn ich dann nachts im Dunklen aufwache, mich aufrichte und den Traum abschüttele, bin ich erleichtert und dankbar.


3

Meine andere Großmutter war nur ein Jahr älter. Aber sie kam sich jugendlicher, moderner, tüchtiger, klüger, energischer vor. Als ich nach dem Tod und dem Begräbnis meiner Oma zu ihr kam, hatte sie gerade begonnen, ein Haus zu bauen. Ihre zehn Geschwister waren schon tot, auch ihr Mann und ihre beiden Söhne.
Sie war schon 69 und schaffte es.
Im Dunkeln ging sie mit mir zur Baustelle. Da stand das neue Haus im Rohbau, mit spitzem Giebel. Bald war es verputzt. Der Mann, mit dem sie damals lebte, starb bald in dem neuen Haus. Und sie verkaufte es leichten Herzens, zog in die große Stadt Berlin, mit 74 Jahren, in eine kleine Wohnung.
Setzte sich auf ihr Sofa und wartete auf mich.
Wenn sie bei mir übernachtete, wartete sie morgens auf das Frühstück.
Das macht mein Herz nicht mit, wenn du mir erst um neun Frühstück machst.
Einmal träumte sie in meiner Wohnung, in dem gleichen Bett, in dem meine andere Oma gestorben war: Sie ging langsam auf einer gleißenden hellen unendlich großen Fläche, umgeben von einer seligen Ruhe, ganz allein. Da habe sie im Traum gewußt, daß so der Tod ist. Und beim Aufwachen wußte sie, daß er bald kommt.
Beim ersten Schlaganfall war sie allein in ihrer Wohnung. Sie konnte zur Flurtür kriechen und an die Tür klopfen, bis man sie aufheben und ins Krankenhaus bringen konnte.
Das ist sie, dachte ich entsetzt, als ich an ihrem Krankenbett saß. Die eine Gesichtshälfte war gelähmt, unbeweglich, die Augen verschieden hoch. Sie weinte mit ihrer einen Gesichtshälfte, zog mich mit ihrem einen Arm zu sich, ich roch das Krankenhaus an ihr, aber auch die vertraute Seife.

Euthanasie, flüsterte sie beschwörend, ich will tot sein, bitte, bitte, bring mir Gift, laß mich nicht krepieren, wie häßlich ich bin, es wird nie mehr, ich bin 81, bitte, bitte, ich will schnell sterben.

Bei meinem nächsten Besuch sagte der Stationsarzt zu mir: Wir müssen auf sie aufpassen, in ihrer gesunden Hand haben wir alle Schlaftabletten gefunden, die wir ihr nach und nach verabreicht haben. Was meinen Sie, ob sie fähig wäre, sich selbst?

Sie lag im Sterbezimmer, eine Stellwand verbarg das Gesicht des gerade Sterbenden. Auch an andern Betten saß der Besuch.

Ich kann es nicht machen, sagte ich zu ihr – ich war 28 –, so gern ich dir helfen würde, aber vor dem Gesetz wäre es Mord.

Heute nacht hab ich mit der gelähmten Seite aus dem Bett gehangen. Niemand hat es gemerkt, die ganze Nacht, sagte sie da.

Dann kam der zweite Schlaganfall. Wochen vergingen. Weiße Haare wuchsen nach. Die gefärbten braunen wuchsen vom Gesicht weg. Sie wurde in einen Saal verlegt mit Verwirrten, die saßen auf ihrer Bettkante, kicherten. Und ich besuchte sie, mittwochs und sonntags, mittwochs und sonntags. Sie schrie, wenn ich ging, und streckte die Arme nach mir aus. Ach, wenn sie sterben könnte ohne mein Zutun, dachte ich.

Löse meine Wohnung auf und kündige zum Ende des Monats, sagte sie Anfang September ganz ruhig zu mir.

Inzwischen lag sie in einem kleinen Zimmer mit zwei anderen Frauen.

Nimm dir, was du willst, das andere verschenke.

Sie gab mir den Wohnungsschlüssel, ich leerte die Wohnung. Am Sonntag, dem 30. September, besuchte ich sie im Krankenhaus, sagte, daß alles erledigt ist. Sie nahm ihre Handtasche vom Nachttisch, öffnete sie und gab mir den Ehering und ihre Armbanduhr. Sie bedankte sich für meine Liebe. Wäre sie gläubig gewesen, hätte man es segnen nennen können.

Sie küßte mich mit ihren trockenen faltigen Lippen. Meine Süße, flüsterte sie, geh nun zu deinem Jungen.

Am nächsten Morgen klingelte das Telefon. Und ich wußte, als sich die Stationsschwester meldete, daß meine Großmutter nun tot war.

Sie ist ganz ruhig gestorben, sagte die Schwester.

In der Nacht, wir haben es gar nicht gemerkt, nur ein kleiner kurzer Aufschrei, sagten die Frauen im Zimmer.

Sie liegt dort hinten im Zimmer, sagte die Schwester, wir haben auch die Sachen dazugetan, den Bademantel, die Pantoffeln, die Waschsachen, weiter war ja nichts, nicht?

Nein, antwortete ich.

Kommen Sie, Sie können sie ansehen.

Nein, das will ich nicht.

Die Sachen ließ ich da.

Sonst wollen sie ihre Toten immer noch einmal sehen, sogar die Mütter ihre kleinen Kinder. Eine Kinderschwester mußte ein totes kleines Kind noch einmal aus dem Leichenkeller holen, auf die Station, mußte es anziehen, obwohl es schon ganz steif war, damit sie es der Mutter noch einmal zeigen konnten. Da erst glaubte es die Mutter.

Ich habe nie mehr von dieser Großmutter geträumt.

Erst jetzt, nach zwölf Jahren, gelingt es mir manchmal, mich an ihre Herzlichkeit zu erinnern, den Geruch der Königsberger Klopse, die sie extra für mich kochte, an die Flasche Uralt Lavendel auf ihrem Waschtisch. An ihr ungelähmtes Gesicht.

# Knoten

> Zum ersten Mal legte ich meine Hand auf seine
> Schulter und sagte: »Stirb noch nicht.« – »Du auch
> nicht«, sagte er.
>
> (Virginia Woolf, *Tagebuch*, 15. 9. 1934)

Drei Anfänge gibt es: der erste sieben, der zweite fünf, der letzte eine
Seite lang.

Der Anfang des ersten Anfangs ist weggeschnitten und nun ein
selbständiger Text: Der Tod meiner Großmütter. So wollte ich mich
eigentlich herantasten.

Gestern beim Einschlafen nahm ich mir endgültig vor: Morgen wirst
du dich gleich früh an den Schreibtisch setzen und die Geschichte
schreiben. Du bist allein hier, für zwei Tage, zum ersten Mal seit
langem, brauchst nicht zu kochen, mit niemand zu sprechen, bist
ganz allein in dieser Stille, der Blick in den Garten, der Schuppen vor
dem Fenster, nichts lenkt ab. Am Morgen bringt der Schmied nur
die Sauerkrautplatten für die Decke im Stall. Da muß ich aufgestan-
den sein, also den Wecker stellen.

Es war halb drei Uhr nachts, als ich ins Bett ging. Ich wollte
todmüde ins Bett gehn und gleich einschlafen, keine Gelegenheit
mehr zum Grübeln.

Mein Bett in der abgedunkelten kleinen Schlafkammer in dem alten
Haus in dem unbeleuchteten Dorf.

Weitab von der nächsten Stadt.

Wie im Sarg, dachte ich, wenn man denken könnte, wie im Sarg.

Und ich legte mich auf die Seite, machte mich so klein ich konnte,
zog die Knie an die Brust, legte mein Gesicht in meine Armkuhle,
meinen Arm zwischen die Beine und schloß die Augen.

Da war das unheimliche Gefühl vorbei.

Wie leicht und warm und ruhig ich eigentlich bin, dachte ich und
schlief ein.

Heute morgen erwachte ich noch vor dem Weckerklingeln und
stand gleich auf. Das Frühstück wollte ich einsparen, auch alle
anderen Mahlzeiten heute. Ich fand eine Flasche Apfelsaft und goß

mir ein Glas ein. Wenn es nach der Frau aus der Selbsthilfegruppe Krebs ginge, die neulich im Fernsehen sprach, dürfte ich überhaupt keinen Apfelsaft trinken. Wegen der Obstsäure.

Neben einem Krebskranken könne sie die Übersäuerung in ihm direkt riechen. Ungläubiges Lächeln im Studio und auch bei uns im Zimmer.

Sie ißt kein Obst, kein Fleisch, keine Milchprodukte, sondern nur Getreideprodukte und Gemüse. Schon seit acht Jahren, seit ihrer Darmkrebsoperation.

Nie war sie so gesund und sah so gut aus wie heute, sagte sie in die Fernsehkamera.

Als ich mich zu meinem Apfelsaft umdrehte, war eine Wespe hineingefallen.

Ich hob sie auf einem Teelöffel heraus. Sie konnte sogar noch wegfliegen.

Ich schloß schnell die Küchentür hinter ihr.

Dann trank ich meinen Saft ohne Ekel.

Auf dem Schreibtisch hatte ich gestern schon alles ordentlich vorbereitet: die Schreibmaschine, Papier, die bisherigen Anfänge, einen Kugelschreiber, eine Schere zum Auseinanderschneiden, Tesafilm zum Neu-Zusammenkleben, Büroklammern, meine Notizen, die Sonderdrucke über die Wahrheit am Krankenbett, das Sonderheft über den Tod.

Ich setzte mich an den Schreibtisch. Draußen schien die Sonne.

Nachrichtenzeit.

Ich hörte Nachrichten.

Jetzt mußte auch die Postfrau kommen. Ich ging aus dem Haus an den Gartenzaun und schaute nach ihr aus. Eine leere Dorfstraße.

Ein Apfel fiel vom Klarapfelbaum. Im Gras lagen angefaulte Äpfel, von denen Wespen und Fliegen fraßen.

Sonnenwetter war in diesem Sommer so selten, ich könnte mir eigentlich einen Tisch in den Garten stellen zum Schreiben.

Ich stellte mir einen Tisch in den Garten und breitete darauf meine Schreibsachen aus.

Nun konnte ich anfangen.

Eine Wespe flog um meinen Kopf.

Eine zweite um meine Füße.

In der S-Bahn soll ein Mann von einer Wespe gestochen worden sein, die ihm während der Fahrt in den Mund geflogen war – es half nichts, an der Endhaltestelle war er tot, wie mir der Hausmeister erzählte, der es von einem Kollegen gehört hat. Und auch F., ein Bekannter, wurde von einer Wespe gestochen – die Wespe schwamm in der Kaffeetasse, die er achtlos zum Mund führte, während er mit uns telefonierte. Er mußte zum Arzt, und während der Fahrt wurde ihm weiß vor Augen, so daß er mit dem Auto gegen einen Holzzaun stieß. Jeder kennt solche Geschichten.

Ich behielt die Wespen im Auge. Es kamen immer mehr, weil ich einen Apfel aß.

Nun bekam ich Durst.

Ich holte ein zweites Glas Apfelsaft, trank einen Schluck und stellte es neben meine Schreibsachen. Die Wespen sammelten sich am Glasrand.

Eine fiel in den Saft. Diesmal rette ich sie nicht.

Eine Fliege fiel auch hinein.

Ich holte einen Teelöffel, nahm die Wespe heraus, warf sie auf den Boden und zertrat sie. Den Apfelsaft goß ich in eine leere Weinflasche um und fügte noch etwas Kirschsirup dazu. Es kamen immer mehr Wespen.

Ich ging ins Haus. Auch in der Küche waren Wespen. Ich öffnete das Fenster, aber sie flogen nicht hinaus, vielmehr flogen neue hinein.

Ich setzte mich an meinen Schreibtisch im Zimmer. Auch hier summte eine Wespe. Ich vertrieb sie aus dem Zimmer, schloß das Fenster. Draußen flog sie immer wieder an die Scheibe.

Nun holte ich mein Schreibzeug hinein. In die Flaschenfalle waren schon einige gegangen. Ich stellte die Flaschenfalle in die Küche und ging zurück an den Schreibtisch.

Seit Monaten schon will ich diese Geschichte schreiben. Und immer schiebe ich es auf, arbeite an etwas anderem, so nah ist sie mir.

Noch nie früher habe ich eine Wespe zertreten, und noch nie früher habe ich einer ertrinkenden Wespe zugesehen: Sie muß sterben und nicht ich, dachte ich.

Und wenn ich sie nicht fange, wird sie mich stechen. Oder alle werden sich an mir rächen.

Ich hatte vergessen, daß ich solche Angst hatte vor dieser Geschichte.

Es ist schade um das gute weiße Papier, nimm schlechteres. Nimm angeschmutztes. Das du für Briefe nicht mehr gebrauchen kannst.

Schreib mit einem Durchschlag, damit du noch etwas hast, wenn du das Geschriebene durchstreichst, wegschneidest, neu zusammenklebst.

Schreib nachts, wenn alles schläft. Dann ist nichts Wichtigeres zu tun.

Schreib tags, wenn du dich verkrochen hast vor den Vernünftigen. Wenn die Vernünftigen nichts von dir wollen.

Warte nicht auf dich, denn du kommst zu dir.

Schalte die Lampe an, eine freiwillige Grenze zum Dunklen, zum Bewegten um dich.

Hör dir zu, vertrau dir, nimm dich ernst.

Und ich schrieb die ersten zwei Seiten von dieser Geschichte.

Danach ging ich in die Küche, goß die Wespenfalle aus, stellte die Flasche zu den anderen leeren Flaschen, machte mir ein Kännchen Tee, schmierte mir ein Butterbrot, belegte es mit frischen Knoblauchzehen und setzte mich in den Garten.

Ich erinnere mich, daß ein paar Wespen vorbeikamen. Ich erinnere mich auch, daß ich sie schön fand, fast elegant, mißtrauisch sichernd und sehr klein im Vergleich zu mir. Die Sonne stand schon sehr tief, der Himmel färbte sich rot.

Jetzt mit dem Fahrrad durch die Wiesen fahren, dachte ich, muß schön sein. Ich zog mich warm an, nahm zusätzlich noch eine Taschenlampe mit und ein Glas Stachelbeergelee, denn ich wollte Freunde besuchen, die in der Nähe Urlaub machten.

Bei der Ausfahrt aus dem Dorf fragte mich die Postfrau, ob ich mich denn im Dunklen zurück traue, und mein Mann sei doch wohl nicht da? Ob ich auch so viele Wespen gehabt hätte.

Aus ihrem Vorgarten roch es nach Flox, so betäubend wie auch in den Schulferien bei meiner Großmutter.

Ich bringe einer Kollegin hier in der Nähe bloß ein Glas Stachelbeergelee zum Frühstück, sagte ich entschuldigend.

So spät noch, fragte sie ungläubig.

Alle Dorfbewohner saßen allein oder zu zweit vor ihrem Haus und machten sich ihre Gedanken über mich, als ich vorbeifuhr.

Als ich das Dorf nicht mehr sah, aus den hügligen Wiesen, konnte ich von weitem das erleuchtete Zimmer sehen, das die Freunde gemietet hatten. Meine Füße waren ganz naß. Es war schon dunkel und ich kam unerwartet. Sie gaben mir heißen Tee und dicke Socken. Sie hatten den ganzen Tag Nachrichten gehört und sich Sorgen gemacht um unser Nachbarland. Da ließen langsam meine furchtbaren Kopfschmerzen nach.

Meine Blumen werden vertrocknen, wenn meine Zeit weiter so schnell vergeht. Eben habe ich sie gegossen, jetzt schon ist die Erde grau mit rostroten Krusten.

Eben bin ich an die Arbeit gegangen, jetzt ist es dunkel, und ich werde nach Hause gehen.

Eben habe ich ein Buch angefangen, jetzt kenne ich es.

Die anderen Menschen halten mich für erwachsen.

Man fragt um meinen Rat.

Man lädt mich ein.

Man bedankt sich bei mir.

So viel Hoffnung.

Ich weiß, daß ich ersetzbar bin.

Und seitdem ich es weiß, rast meine Zeit vorwärts, als ob sie irgend etwas einholen will, etwas ganz Wichtiges.

Ich hole Atem, und schon ist ein neuer Tag.

Jeden Tag warte ich, vielleicht heute?

Ich lebe jeden Tag in Erwartung des Lebens und jeden Tag in Erwartung des Todes.

Ich hab ihn mir schon sehr gewünscht, und ich hab ihn gefürchtet, ich hab von ihm geträumt, und ich hab ihn liebgewonnen: Meinen Tod.

Da bist du also, möchte ich sagen, wenn er kommt. Ich kenne dich noch nicht, aber du bist mir vertraut. Oft hab ich gedacht, wann du wohl kommen wirst.

Ich möchte einverstanden sein mit dir. Am liebsten würde ich die Augen schließen, noch einmal tief atmen. Und dann wäre mein Leben vorbei.

Aber ich möchte alt sein.

Ich möchte mich welken sehn, so, wie ich mich blühen sah, ein langsames friedliches Vertrocknen, Schleier vor den Augen, die Stimmen leiser, der Duft nach Fresien oder Pfingstrosen im Zimmer, zu Hause.

Und ein Mensch, den ich liebe, soll an meinem Bett sitzen oder an meinem Lehnstuhl, meine Hand halten, er soll lächeln und Tränen in den Augen haben.

Und ich möchte sagen: So, nun ist es zu Ende mit mir. Machs gut. Sei nicht so traurig.

Wenn man im Sterben so froh sein könnte wie manchmal im Leben. Zum Beispiel wie vor der letzten Operation. Schon im Lastenfahrstuhl, als sie mich auf der Trage zum OP fuhren, lag ich voll Neugier auf die Narkose. Im Vorraum zum OP stellte sich der Narkosearzt hinter mein Kopfende. Mit freundlichen müden Augen sah er mich von oben an:

Ich gebe Ihnen eine Sauerstoff-Lachgas-Kombination. Wenn ich Ihnen jetzt die Atemmaske aufsetze, atmen Sie bitte tief ein, sehen Sie mich dabei an. Beim dritten Atemzug werden Sie waagerecht nach oben schweben. Bitte tiefer atmen.

Ich hielt den Atem an, das Schweben wollte ich genießen.

Wenn so mein Tod wäre, dachte ich sehnsüchtig. Und so schwebte ich ihm entgegen.

Oft war ich im Traum in Gefahr, aber nur einmal bin ich gestorben. In heißer Mittagssonne lag ich im Sand und erstickte. Ich war jung und gesund und bekam immer schwerer Luft. Um mich herum standen einige bestürzte hilflose fremde Menschen. Ich hatte mich damit abgefunden, daß mir niemand helfen kann, und war furchtbar traurig. Denn ich wollte noch leben.

Im Traum.

Wie schön sie ist, eine blühende Frau, dachte ich, als ich sie so vor dem Spiegel stehen sah, noch nicht vierzig, die Spitze des Unterrocks über dem üppigen Busen. Ich bin gleich fertig, sagte sie lächelnd und schminkte sich. Die lebhaften braunen Augen sahen mich im Spiegel kurz an. Hast du auch solchen Hunger? Das kalte Kaßler im Flugzeug hat mich nicht vom Hocker gerissen. Hoffentlich gibt es jetzt was Vernünftiges.

Eine Dienstreise, und sie war meine Kollegin, danach eine Einladung zu ihr nach Haus, in eine große Wohnung. In jedem Zimmer ein anderer Mensch, der sie brauchte: die Kinder, der Mann. Sie war die Wärme in der Mitte.

Woher nimmt jemand die Kraft, so mit den Augen zu strahlen, dachte ich.

Einige Zeit später rief mich ihr Mann an. Sie will Sie sehen. Sie hat Krebs. Und Sie haben es doch gerade hinter sich.

Ich besuchte sie in der Frauenklinik. Die Sonne schien in das

Zimmer. Auf dem Fensterbrett standen Rosen. Morgen sollte die Operation sein, wahrscheinlich die ganze Brust und die Lymphdrüsen unter dem Arm.

Es ist bestimmt noch früh genug, meinst du nicht auch, fragte sie mich. Und der mich operiert, ist ganz erfahren und ein guter Chirurg.

Ich hab da was gelesen über Krebs, sagte ich zu ihr. Daß es nämlich auch eine Chance sein kann.

Krebs bekommt man dann, wenn man der Krankheit keinen Widerstand entgegensetzen kann. Weil man sich über seine Kräfte hinaus verausgabt, vielleicht um gut dazustehen, damit sie einen lieben, oder um etwas Ungelebtes in sich zu betäuben. Wenn man das fände, so stand es da, und der Krebs früh genug erkannt worden ist und herausgeschnitten, so könnte man sich ändern und die Kräfte nicht mehr sinnlos vergeuden. Man hätte Kraft, sich gegen die Krankheit zur Wehr zu setzen.

Da gäbe es schon einiges zu ändern bei mir, sagte sie nachdenklich.

Die Operation überstand sie gut. Sie brauchte keine Bestrahlungen. Bald arbeitete sie wieder einige Stunden am Tag. Einmal setzte sie sich in einer Versammlung neben mich.

Stell dir vor, sagte sie, heute morgen habe ich beim Waschen einen Knoten unterm Arm gespürt. Dort darf aber keiner mehr sein, die Lymphdrüsen sind doch alle herausgenommen.

Sie ist sofort in die Klinik gegangen und hat dem Chirurgen den Knoten gezeigt. Er sei sehr erschrocken, denn es war wirklich ein Lymphknoten.

Er hatte also nicht alle entfernt.

Schon in der nächsten Woche wurde sie noch einmal operiert. Sie erfuhr, daß die ganze Operationsnarbe an der Brust noch einmal geöffnet werden mußte und sie voller Metastasen war. Nun also Medikamente, die das weitere Zellwachstum stoppen sollten.

Mir werden die Haare ausgehen, sagte sie.

Das, was sie schon immer wollte, schaffte sie in diesem Frühjahr: Sie zogen aus der staubigen und schmutzigen Stadt in ein Vororthaus. Sie arbeitete weiter. Ihren großen Kindern besorgte sie Studentenbuden. Und im Sommer lag sie im hohen Gras, nicht auf einem kurzgeschorenen Rasen, unter einem Baum und sah in den Himmel.

Ihr Mann war Arzt. Und sie wußten beide, wie es um sie stand. Man brauchte sie nicht zu belügen, wenn man mit ihr sprach.

Im Sommer saßen wir nach der Arbeit in einem Café, an einem Zweimanntisch. Wie Hungernde bestellten wir immer etwas Neues. Erst Ragout fin, dann Eis, dann Kaffee, dann Schlagsahne. Und sie erzählte mir, daß sie die Spritzen so schlecht verträgt, die doch aber ihr Leben retten sollten.

Der Arzt, den sie fragte, wie lange sie die Spritzen bekommen soll, sagte: Erst einmal zwei Jahre, dann werden wir eine Pause machen.

Aber wie lange kann man überhaupt diese Spritzen bekommen, fragte sie ihn.

Man hat noch keine Erfahrungen. Mehr als zwei Jahre hat sie noch niemand bekommen, weil sie erst seit kurzer Zeit im Einsatz sind.

Ich habe ihn gefragt, wie lange er mich noch berenten will.

Erst einmal zwei Jahre, dann werde man weiter sehen.

Wir sahen zu den anderen Tische im Café.

Weißt du, was mir vor ein paar Tagen auf der Straße plötzlich ganz klar wurde, fragte sie mich langsam: Ich werde nie alt werden.

Ich werde nie weiße Haare haben, nie faltige Haut, ich werde jung sterben und nicht alt werden. Dagegen gibt es gar nichts zu sagen. Aber seitdem lebe ich mit dem Gedanken, und er erschreckt mich nicht. Seit der ersten Operation habe ich alles in meinem Leben gemacht, was ich immer aufgeschoben hatte, einmal fürs Alter. Wenn er die Drüse nicht drin gelassen hätte, könnte ich vielleicht noch viele Jahre leben. Aber ich habe es mir von meinem Mann erklären lassen: Es kann dem besten Chirurgen passieren. Wir können niemand einen Vorwurf machen.

Ich werde wohl nicht einmal die zwei Jahre mehr schaffen.

Die letzte Zeit haben wir richtig gelebt: so, wie es für uns, für uns richtig ist. Sonst haben sie uns in unserem Sommerhaus fast totgetreten, so viele waren da. Überall lagen sie herum. Und in diesem Sommer haben wir einfach nicht aufgemacht, wenn draußen Leute standen, die uns gestört hätten.

Ein zerstrittenes Ehepaar wollte unbedingt bei uns frühstücken. Durch die Jalousien sahen wir sie um unser Haus herumschleichen, im Netz frische Brötchen. Wir haben uns versteckt wie Kinder vor den bösen Großen.

Jetzt im Herbst machen wir Urlaub an der See, ohne die Kinder, das hab ich mir schon immer gewünscht, sagte sie zärtlich.

Die Fotos davon sah ich im November, sechs Wochen später. Sie zeigten sie, glücklich lachend, mit ganz kurzen Haaren, die die kahlen Stellen bedeckten.

Auf die Fotos schien die schräge Herbstsonne.

Vor der Terrasse war der Tisch ausgezogen, beladen mit belegten Broten, Salaten, die Kaffeemaschine, die sie vor kurzem geschenkt bekommen hatte, war in Betrieb. Alles war weiß gestrichen, denn das Haus war ja erst seit einem halben Jahr bezogen. Ihre Töchter standen mit ihren Freunden zusammen, der eine hatte Sonderurlaub von der Armee. Sie standen dicht gedrängt in der warmen Herbstsonne, achteten auf die Gäste, antworteten höflich.

Ihr Mann, im schwarzen Hochzeitsanzug, mit schwarzem Binder, zeigte mir die Bilder.

Nach dem Urlaub ist es dann ganz schnell gegangen, sagte er. Dieser Urlaub war der schönste in unserm ganzen Leben. Wir waren ganz für uns, wissen Sie. Auch meine Frau war so ruhig. Wir sind beide zur Ruhe gekommen. Daß man dafür ein ganzes Leben gebraucht hat. Kurz vor ihrem Tod ist sie erblindet. Da waren die Metastasen im Kopf.

Die Vögel auf dem Baum, ganz absurd, dachte ich, jubilieren.

Zu Hause ließ ich mir die Haare abschneiden, so kurz es ging. Ich wollte sie ehren und um sie trauern. Auf meine Weise.

Und ich wollte der Krankheit etwas opfern – denn vier Jahre fast hatte ich schon überstanden.

Damals war ich 34.

Schon über ein Jahr hatte ich einen Knoten am Bein. Jeden Abend befühlte ich ihn unter der Haut des Oberschenkels, ob er gewachsen war.

Vor einem Jahr hatte die Betriebsärztin geraten, ihn herauszuschneiden. Auch gleich die Leberflecke auf dem Rücken. Ein kleiner Schnitt, eine kleine Narbe, sagte sie, und raus ist er.

Und vor einem halben Jahr hatte die Frauenärztin gesagt, am besten, Sie gehen bald in die Hautklinik und lassen ihn herausnehmen, so was entartet ganz schnell.

Da war es Frühling. Wir hatten Zeltplätze für den FKK-Strand.

Also nach dem Urlaub, nahm ich mir vor, spätestens im Herbst.

Aber da konnten wir noch für eine Woche an die Ostsee fahren, in der Meeresschwimmhalle baden.

Danach bestimmt.

46

Wenn man sich jetzt anmeldet für die kleine Operation, dachte ich, wird man bestimmt eine Weile warten müssen, bestimmt bis nach Weihnachten.

Da sah ich plötzlich morgens, wie sich die Haut über dem Knoten verändert hatte. Ins Bräunliche verfärbt, so, als ob sie schon nicht mehr zu mir gehörte, gekräuselt, trockener. Wie eine Kirsche darunter der Knoten.

Schon lange hatte ich ihn nicht mehr angesehen, nur abends gefühlt. Und am Abend zuvor hatte sich die Haut anders angefaßt.

Nun sah ich mich morgens im Bad ganz nüchtern an. Ja, die Stelle war eingesunken ins Bein wie ein Grabhügel. Mir wurde unheimlich, und ich bekam Angst, es, dies, mein schon nicht mehr Eigenes, aber mein Körper, ich hatte es doch gemacht.

Es könnte bösartig sein. Wenn es nun wächst und weiter wächst wie bei meiner Großmutter. Die Schmerzen, kaum noch zu betäuben, fürchtete ich. Es war etwas Fremdes in mir, das ich sah. Mein Feind in mir.

Und wenn ich es jetzt einem Arzt zeige und von meiner Angst spreche, wird er nicht lachen? Wird er nicht sagen, na, gehen Sie mal zu sich selbst in Behandlung? Krebsangst ist auch eine Krankheit.

In der selben Woche, am Sonnabendabend, waren wir eingeladen. Und als es ans Witzeerzählen ging, setzte ich mich neben eine Frau, eine Ärztin. Ich wußte, daß sie in der Geschwulstklinik gearbeitet hatte.

Meinen Witz, den von dem kleinen nörgelnden Bergvolk an der Ostgrenze Chinas, kannte sie noch nicht und schlug mir vor Lachen auf mein Bein.

Aua, nicht auf meinen Krebs, sagte ich leise und lächelnd zu ihr. Da war genug angedeutet.

Im Nachbarzimmer sah sie sich alles an. – Heute ist Sonnabend, sagte sie, morgen Sonntag. Am Montag um acht Uhr stehst du am besten schon an der Anmeldung der Rößle-Klinik. Und wenn ich dann anrufe, nehmen sie dich noch am gleichen Tag.

Am Montagvormittag hab ich Termine, erwiderte ich.

Das ist jetzt egal, sagte sie freundlich und sah mich ganz von fern durch ihre Hornbrille an. Ich nehme an, sie werden es sofort rausmachen. Das ist die beste Geschwulstklinik, die wir haben.

Das Wartezimmer am Montag. Meist saßen sie zu zweit. Die Betroffene und der Begleiter, der Mann. Alle zum ersten Mal. Und das Schlimmste: Sie schweigen. Zwei, dann ein Stuhl frei, zwei, dann ein Stuhl frei, einer, dann ein Stuhl frei.

Im Flur schimpfte eine Frau: Was soll ich nun meinen Kollegen sagen, wenn ich keinen Krebs habe? Warum schreibt man so was erst auf die Überweisung?

Eine Schwester antwortete geduldig: Sie durften den Brief ja auch gar nicht öffnen. Es war nur eine Verdachtsdiagnose, und nun haben wir festgestellt, daß Ihre Geschwulst gutartig ist. Trinken Sie am Bahnhof einen Kognak und dann fahren Sie in Ihren Betrieb.

Ich wußte, daß man in dieser Klinik die Wahrheit gesagt bekommt.

Die Aufnahmeärztin hielt bei mir eine Operation für notwendig. Wenn Sie zu Hause liegen können, dann operieren wir Sie noch in dieser Woche bei örtlicher Betäubung. Wir brauchen dann kein Bett. Kommen Sie am Donnerstag um acht Uhr.

Am Donnerstagmorgen wurde ich zusammen mit einer jungen Frau in ein Vorbereitungszimmer gebracht. Dort zogen wir uns ein Operationshemd an, legten uns auf eine fahrbare Trage, wurden zugedeckt und bekamen eine grüne Mütze auf. Dann wurden wir in einen Durchgangsraum zum Operationssaal gefahren. Hier standen die Kühlschränke für die Blutkonserven, darum kamen die Operationshelfer öfter herein.

Die schon leicht Betäubten und die noch Bewußtlosen wurden an uns vorbeigefahren.

Um 14 Uhr war die junge Frau dran, danach ich. Wir hatten uns beide Mut gemacht.

Bei ihr mußte ein Probeschnitt an der Brust durchgeführt werden. Wenn das Gewebe bösartig ist, hatten sie zu ihr gesagt, behalten wir Sie da. Sie erfahren es sofort nach dem Eingriff.

Ich wurde von einer Frau operiert, der einzigen Chirurgin dort.

Sie sah mich aufmerksam an, mit ihren ernsten, schon ein wenig erschöpften Augen.

Schnallen Sie sie bitte an, sagte sie zu der Schwester.

Ich bin ganz ruhig, sagte ich, ich bin froh, daß ich so schnell einen Termin bekommen hab. Sie brauchen mich nicht anzuschnallen.

Gut, dann drehen Sie bitte ihren Kopf weg.

Ich möchte zusehen.

Gut. Ich werde jetzt örtlich betäuben. Wenn ich etwas tiefer schneiden muß und es Ihnen weh tut, kann ich nachspritzen.

Ich sah zu, wie sie einen Kreis um den Knoten herum spritzte. Dann entspannte ich mich und schloß die Augen. Würden Sie bitte die Augen auflassen.

Ich öffnete die Augen. Sie mußte auf die Wirkung der Spritze warten.

Nun begann sie zu schneiden. Und ich sah ihr voll Bewunderung zu. Meine Zellen kamen mir so groß vor, wie kleine Bläschen. Wieviel sie wegschnitt. Einen Fleischball, der mein Leben entschied.

Über Lautsprecher kamen die Zellbefunde der anderen Operationen: Ca, kein Anhalt für Ca.

Als die Chirurgin fertig war, schoben sie mich in einen Nachbarraum und warteten auf den Befund.

Der kam nicht.

Die Chirurgin setzte sich neben mich.

Haben Sie Kinder? fragte sie.

Ja, einen Sohn.

Ist er schon groß?

Er ist vierzehn geworden.

Dann braucht er Sie noch.

Sie schwieg, dann sah sie sich meine Krankenakte an.

Kann dieser Mann, den Sie hier in die Rubrik eingetragen haben (wegen eventueller Benachrichtigung, wissen Sie), kann er notfalls für Sie sorgen?

Ja.

Ich habe am Sonntag Dienst. Kommen Sie bitte dann zu mir zum Verbinden. Vielleicht haben wir dann den Befund schon.

Am Sonntag hatte sie noch keinen Befund.

Sie müssen doch diese Geschwulst schon über ein Jahr bemerkt haben! Warum müssen immer alle so spät kommen. Rufen Sie mich bitte Mittwoch an.

Ich rief sie am Mittwoch an.

Ja, wir haben den Befund. Wir haben ein Bett für Sie, morgen können Sie aufgenommen werden. Wir müssen noch Gewebe entnehmen. Aber Sie brauchen sich noch keine unnötigen Sorgen zu machen. Wir brauchen wahrscheinlich das Bein nicht zu amputieren. Ich habe die Geschwulst schon beim ersten Mal weiträumig herausgeschnitten, vermutlich schon im gesunden Gewebe.

Ist es doch bösartig? fragte ich.

Am Telefon möchte ich nichts weiter sagen.

Zeigen Sie mir den Befund?

Ja, wenn Sie hier sind. Bringen Sie bitte Ihren – Ihren Lebenskameraden mit.

Werden Sie mich wieder operieren?

Ja. Haben Sie keine Angst. Es ist noch am Anfang.

Als sie den Hörer aufgelegt hatte damals, war es ganz still in meinem Zimmer.

Dann kam mein Kind aus der Schule.

Sprachlos hörte es mir zu.

Ich weinte, und es tröstete mich.

Am besten ist, du rufst ihn jetzt an, sagte es.

Wir rufen ihn an, ja?

Da war einer, der die Last mit auf sich nahm. So war sie nicht so schwer.

# Der Baum

Von den Bäumen mag ich die Weiden am meisten. Nicht die unheimlichen Kopfweiden. Die sehen aus wie Greisenköpfe, denen die Haare zu Berge stehn.
Ich meine die Weiden, die zu mehreren am Teich wachsen und sich in ihren langen Stämmen wiegen, von der Erde bis in den Himmel.
Ja, auch die Birken mit ihren zarten wehenden Zweigen, doch ich fürchte ihr weißes Skelett, das immer hindurchsieht.
Die Linden mochte ich schon als Kind. Du gehst auf dem Bürgersteig, und ihre Blüten streicheln dich. Betörend, das ist eigentlich ein schönes Wort zu Duft.
Seit vier Jahren liebe ich einen bestimmten Baum. Es ist eine Linde. Mir scheint, ich hab bis dahin keinen Baum richtig angesehn. Meine Linde steht allein auf einem Hügel am Rand eines Hohlweges. Um sie herum Wiesen und Felder.
Weiter weg ein Moor mit Birken. Ganz allein, mit einer runden Krone, gleichmäßig ausladend.
Daß man sich so ungehindert nur entwickeln kann, wenn man allein steht, dachte ich traurig. Was hat sie für Stürme erlebt, so ungeschützt auf dem Hügel, so nah der Küste.
In allen Jahreszeiten ging ich an ihr vorbei. Jedesmal dachte ich, jetzt ist sie am schönsten.
Im Frühling sah ich, wie gesund sie ist. Alle Äste lebten.
Im Sommer hab ich einen Anstand in ihr entdeckt. Aber nur mit Mühe. So dicht waren ihre Blätter.
Im Herbst, als sie sich von ihren Blättern trennte, roch sie nach Regen und Herbstsonne.
Aber richtig erkannt hab ich sie erst in diesem Winter: Wie ein Menschengehirn sah ihre Krone aus, ein durchsichtiger Kopf mit Nerven und Blutgefäßen. Was für eine Schönheit und Klarheit. Und ich erklomm die Wand des Hohlwegs, um sie von allen Seiten zu betrachten.
Ich hatte sie noch nie berührt, ich kenne meine Neigung zum Aberglauben. Ich weiß ja, daß sich nichts durch Handauflegen überträgt, weder Kraft, noch Ausdauer, noch Leben. Aber ich weiß es nur.

Ich legte meine Hände an ihren Stamm und ging langsam um sie herum, Hand an Hand.

Da sah ich, daß sie aus zwei Bäumen bestand. Die Stämme waren nur unten zusammengewachsen. Teilten sich schon früh, vom Hohlweg aus nicht zu sehen, in zwei gleich starke Stämme, die beide eine gleich starke Krone bildeten.

Seit über hundert Jahren sind sie auf Gedeih und Verderb verbunden. Und werden noch weiterleben, wenn wir alle schon lange tot sind.

# Mondstein

Als der Zug abfuhr und ich eingepfercht zwischen anderen schwitzenden Menschen stand, die beim Einsteigen auch die jetzt Sitzenden vorgelassen hatten, mich nicht festhalten konnte, über mir nur die Notbremse, vor der noch geschlossenen Tür zum Mitropa-Abteil, in der Hoffnung, vielleicht dort einen Platz zu bekommen, als ich mich mühsam um 90 Grad drehte, um wenigstens seitlich neben meinem Hintermann zu stehen, da sah ich die Durchsetzungsfähigen hinter der Raucherabteiltür sitzen, ihr Gepäck schon verstaut, die Jacke angehängt, das Fenster heruntergekurbelt, die Karten gemischt, die Zeitung aufgeschlagen, die Apfelsine geschält und auf der Serviette geteilt.

Nach einer glücklichen Wendung meines Nachbarn konnte ich mich wieder in die Richtung der Mitropatür drehen. Die Kellner sahen beim Eindecken der Tische manchmal zu uns, und wir begannen zu hoffen, daß sie uns bald hereinlassen.

Da öffnete sich hinter mir die Abteiltür. Ein Körper schob sich wie ein Keil in uns hinein.

Eine tiefe Frauenstimme, norddeutscher Akzent, bat mich, sie vorbeizulassen.

Sie wolle nämlich in die Mitropa.

Ist noch zu, wir wollen auch rein, sagte ich.

Sie stand jetzt seitlich vor mir, und ich erkannte sie vom Einsteigen her wieder. Geeignet für einen Lehrfilm im Selbstsicherheitstraining.

Ich hatte ihr zugesehen, wie sie als eine der ersten einstieg, obwohl ihr Ausgangspunkt beim Halt des Zuges viel ungünstiger als meiner gewesen war.

Nun stand ich, zur Strafe für meine spöttischen Gedanken.

Ihre Haut war großporig, der Lippenstift nur noch am Rand des vollen Mundes, die Wimperntusche an einem Auge leicht verschmiert. Ihr Körper groß und üppig.

Die Tour mach ich heute schon zum zweiten Mal. Früher war die Mitropa gleich offen. Wenn das hier noch lange dauert, müßte ich bei meinem Platz Bescheid sagen. Meine Tasche steht da so offen rum. Aber erstmal wollen wir uns hier einen Sitzplatz besorgen. Wir können ja an einem Tisch sitzen, nicht?

Ihre ersten Worte hatte sie an die Umstehenden, die letzten aber an mich gerichtet, wohl, weil ich ihr zugehört hatte.

Ich nickte.

Sie war in meinem Alter. Vielleicht hatte sie früher ihre Ähnlichkeit mit Soraya entdeckt, vor allem wegen der vollen Lippen. Ihr Beruf? Sie hätte ein ganzes Kaufhaus unter sich haben können.

Den Kellner, der die Mitropatür für uns öffnete, begrüßte sie herzlich.

Der hatte heute morgen auch Dienst. Wird denken, ich hab nichts weiter zu tun als D-Zug-Fahren.

Sie belegte einen Tisch für uns, und ich setzte mich ihr gegenüber ans Fenster. Jetzt konnte ich sie betrachten. Vollweib nennt man das wohl.

Sie sah umher, die Männer sahen sie an. Alles in Ordnung.

Na, dann werden wir mal speisen. Mir ist schon ganz schlecht vor Hunger. Wollen Sie ein Stück Kuchen, bis das Essen kommt, fragte sie mich.

Drei müssen für meine Kinder übrigbleiben, das andere können wir aufessen.

Sie trug am rechten Finger einen Ehering und einen goldenen Ring mit einem eingefaßten Stein. Der Stein war so groß und milchig undurchsichtig, daß er den Ehering fast verdeckte.

Hellblauer Silastikpullover, dunkelblauer Silastikrock, Strümpfe – bei der Hitze –, weiße Sandaletten mit niedrigem Absatz. Eine Dauerwellfrisur.

Jedoch der Ring, nicht der Ehering, sondern der andere, war einen zweiten Blick wert. Solch einen Stein hatte ich schon einmal gesehen, ohne Kanten, sanft, noch uneingefaßt, als auf einem kleinen Fest ein Inder seine Schätze aus einem geknoteten Taschentuch zeigte: Edelsteine.

Er hieß wohl Mondstein.

Also etwas Fremdartiges an ihr.

Sie wirkte sehr diesseitig und sinnlich. Schon wie sie aß und trank. Suppe, Fleischgang, Nachspeise. Beim Essen erzählte sie.

Nach dem Pudding kannte ich ihren Tageslauf. Um fünf aufstehen, frühstücken (zum Frühstück ißt sie ganz wenig), dann das Frühstück für die beiden größeren Kinder vorbereiten, die Schulstullen schmieren, denn vom Abend vorher werden sie zu trocken, den beiden größeren Kindern den Wecker zu sieben Uhr stellen. Zwanzig vor sechs die Kleine wecken, sie fertig machen und um sechs aus dem Haus. Ihre Arbeit ist in der Nähe, aber der Kindergarten am anderen Ende der Stadt, also hin und zurück eine Stunde.

Da sie mit drei Kindern kinderreich ist, hat sie nur eine 40-Stunden-Woche. Also mit Frühstücks- und Mittagspause dreiviertel vier Schluß. Dann das Ganze mit dem Kindergarten noch einmal. Mit Einkaufen ist sie um fünf zu Hause. Schularbeiten nachsehen. Abendbrot machen, abwaschen, kleine Wäsche. Sie sieht zu, daß sie halb acht fertig ist, man muß ja politisch auf dem laufenden sein.

Also halb acht und nicht um acht, dachte ich.

Ein Mann kam in diesem Tagesablauf nicht vor. Ich versuchte mir ihren Mann vorzustellen. Auf jeden Fall war er ein Mann, den sie nicht in die tägliche Arbeit einkalkulierte. Außerdem hatte sie nur für die Kinder und nicht für ihn Kuchen mitgebracht.

Aber vielleicht war er auch so füllig wie sie. Ja, es müßte ein fröhlicher, breitbrüstiger Mann sein, mit dem sie abends noch ein Bier trinken geht und gerne schläft.

Daß ich in der Hitze zweimal am Tag die gleiche Strecke fahre ... Ich hätte viel lieber noch Zeit gehabt für Geschäfte, eine gemütliche Gaststätte und die Übernachtung im Hotel, morgen dort das Frühstück. Meine Dienststelle hatte nichts dagegen. Aber mein Mann will nicht, daß ich über Nacht wegbleibe.

Ich bestellte mir ein Kännchen Kaffee, denn so schnell konnte das Gespräch jetzt nicht mehr zu Ende sein.

Mein Mann will das nicht, hatte sie gesagt, nicht eingeschüchtert oder stolz, eher etwas herablassend.

Er hätte die kommende Nachtschicht sicher tauschen können. Mit ihm haben sie auch oft getauscht. Aber es ging angeblich nicht. So oft muß ich bei Dienstreisen andere fahren lassen, obwohl ich gern Tapetenwechsel habe. Genau an solchen Tagen hat er dann Nachtschicht. Und wenn er extra in die Nachtschicht tauscht – ich kann nicht fahren. Nicht, daß er bequem ist und zu faul, hat auch keine Angst allein im Dunkeln.

Sie lächelte wieder ihr spöttisches Lächeln.

Er malt sich eben aus, was ich in einer anderen Stadt mit fremden Männern anstellen könnte. Da hat er abenteuerliche Vorstellungen: gleich mit denen ins Bett, wieder verabredet, postlagernde Briefe, Ausreden. Dabei hab ich gar kein Interesse an so etwas. Ich muß Ihnen sagen, ich genieße es richtig, wenn er zur Nachtschicht muß. Da kann ich in der Wohnung rumlaufen, wie ich will. Er läßt mich in Ruhe, die Kinder schlafen ja noch nicht richtig. Und trinken darf er vor der Arbeit nichts. Also, in solchen Wochen bin ich gut gelaunt. Keine Kopfschmerzen. Ich nehme dann auch nicht etwa einen Haushaltstag. Wenn wir nach Hause kommen, hat er an diesen Tagen eingekauft und den Abendbrottisch gedeckt. Dann muß er bald los, und morgens, wenn ich gehe, ist er noch nicht zurück. – Wie Bruder und Schwester, so könnte ich immer mit ihm leben.

Dabei sah ich neben dem trotzigen einen leisen sehnsüchtigen Ausdruck in ihren Augen.

Also war sie niemand, der sich auf die Dauer nach einem Verhältnis wie zwischen Bruder und Schwester sehnte. Ich lächelte ihr ungläubig zu, erkannte auch in ihr die immer aufs neue enttäuschte und hoffende Geschlechtsgenossin.

Ich würde Ihnen gern alles erzählen, sagte sie da.

(Jetzt meine Angst, bei jedem Menschen neu, ich könnte etwas von ihm erfahren, daß ich ihn nun verachten müßte. Oft die Furcht, von ihm seine ganze Schwäche zu hören. Hört man länger zu, kommt jeder zu dieser Schwelle. Bei der das Bild nicht mehr stimmt, das man anfangs von ihm hatte. Als ob er nicht erst jetzt menschlich und unverwechselbar wird. Gleichzeitig das Bewußtsein der Ungerechtigkeit und Anmaßung, wenn sich das Gift der Verachtung in mir ausbreitet. – Meine Angst, wenn ich bei einem Menschen keine Schattenseite entdecke. Hat er sie nur besonders gut versteckt? Wo muß man sich vor ihm fürchten?)

Immer war das nicht so, sagte sie leise.

Sie sah jetzt aus dem Fenster, drehte an ihrem Mondsteinring, bis er wie ein zweiter Ehering über dem anderen steckte, sie wärmte den Stein mit der Hand. Wie eine Witwe mit zwei verschiedenen Eheringen.

Manchmal sind Männer so eifersüchtig, weil sie selbst nicht treu sind und sehen, wie leicht es unentdeckt bleibt. So leicht könnte es bei ihrer Frau doch auch gehen, fürchten sie. (Das sollte ein kleiner Köder von mir sein.)

Der hat keine andere mehr, sagte sie. Sie wandte mir ihr Gesicht wieder zu und sah mich prüfend an.

Sind Sie auch verheiratet?

Früher. Und jetzt ohne Stempel, antwortete ich.

Sie lächelte anerkennend.

Ich war davor auch schon mal verheiratet. Das rechnet aber nicht, nur ein paar Monate. Und bloß, weil meine Eltern kein uneheliches Enkelkind wollten. Ich habe mit dem Mann gar nicht erst in einer Wohnung gelebt, bin gleich bei meinen Eltern geblieben. Würden Sie mit auf den Gang kommen? Ich muß einfach eine rauchen.

Wir stellten uns in den Gang, und sie zündete sich eine Zigarette an.

Meine Große ist aus dieser ersten Ehe. Aber mein Mann läßt es sie nicht fühlen, ist eigentlich gerecht zu allen drei. Überhaupt ein guter Vater. Was der alles für die Kinder baut. Und jeden Sonntag fahren wir an die Ostsee, auch im Winter, machen Wanderungen, spielen Ball. Die Große weiß das auch gar nicht, daß das nicht ihr richtiger Papa ist. – Rauchen Sie überhaupt nicht?

Als sie ihre zweite Zigarette anzündete, wollte sie mir wieder eine anbieten.

Gemütlich eine Zigarette rauchen, dazu eine Tasse Kaffee. Haushaltstag haben – denken Sie nicht, daß ich am Haushaltstag putze und wienere, das mache ich abends –, eine Freundin zu Besuch, mit der man in Ruhe alles besprechen kann. Das brauche ich einmal im Monat. Mein Mann würde mich dabei stören.

Warum leben Sie eigentlich mit ihm zusammen?

Soll ich mich ein zweites Mal scheiden lassen? Ich bin jetzt auch zu alt. Mitte dreißig. Ich würde niemand mehr für eine Ehe finden. Mit drei Kindern! Und auch ohne Kinder. Ich bin zu dick für die meisten. Mein Mann kann dicke Frauen eigentlich auch nicht leiden.

Jetzt wieder Herablassung und Kälte in ihrem Blick.

So für eine Nacht hätte ich keine Bange. Die Männer halten mich sowieso für ziemlich temperamentvoll. – Mein Mann bleibt eben bei mir, ich sage oft zu ihm, geh hin und reich die Scheidung ein, dann kannst du dir eine Junge suchen. Geh doch! Aber er sagt, wenn du geschieden sein willst, mußt du schon hingehen, ich will ja überhaupt nicht weg. Wie sich die Menschen ändern, antworte ich ihm dann. Das verletzt ihn, und er ist ruhig.

Da quälen Sie sich aber gegenseitig ziemlich. Ich meine, Sie verderben sich auch Ihr eigenes Leben, nicht?

Ja. Sie sah mich nachdenklich an.

Ich denke, daß ich mich immer nur an ihm rächen muß. Aber selbst werde ich auch nicht froh. Ruhe brauchen wir eigentlich beide. Und die Kinder. Eine schöne Wohnung haben wir auch und unser Auskommen, sagte sie traurig.

Wir schwiegen eine lange Weile.

Ob ich mal nach meinem Platz sehe? Aber jetzt, nach so langer Zeit, ist es mir auch peinlich. Wird mir schon keiner was wegnehmen.

Wir sahen wieder aus dem Fenster.

Wo fahren Sie denn hin? fragte sie mich.

Ich antwortete ihr, und wir schwiegen wieder.

Ich mußte die acht Stunden D-Zug nur fahren, weil ich eine Liste im Ministerium abgeben sollte. Ich wollte sie telefonisch durchgeben, aber das war nicht sicher genug. Das nächste Mal übernachte ich aber, sagte sie entschlossen. – Ich möchte mich dauernd rächen und ihm weh tun, aber eigentlich kann er gar nichts dafür.

Wir können uns ja wieder reinsetzen, sagte sie teilnahmsvoll, als sie sah, daß ich mich beim Stehen anlehnen mußte. Trinken wir noch einen Saft.

Wer keine Sorgen hat, macht sich welche, sagt mein Mann zu mir. Aber ich möchte mal direkt Ihre Meinung hören über das, was er sich geleistet hat. Ob Sie da noch ruhig bleiben könnten!

Sie setzte sich wieder auf ihren Platz und war ganz wie am Anfang, sicher und selbstbewußt. Alles klar, sie war im Recht.

Also, zwei Jahre nach der Scheidung hat sie ihn geheiratet. Er wollte sie unbedingt haben. Die Große hat er adoptiert, und ein Kind war auch unterwegs. Einfach war es nicht, der Mann im Fernstudium und daneben immer das Sparen auf die AWG-Wohnung. Und in der Liebe gewöhnte sie sich langsam an ihn. So ging es bis zur Geburt des zweiten Kindes, also seines ersten Kindes.

Aber interessiert Sie das überhaupt, fragte sie mich ängstlich.

Wenn sie wüßte, wie sehr, dachte ich und nickte.

Die Geburt war sehr schwer und dauerte lange. Mein Mann besuchte mich gleich und brachte mir Blumen. Unsere zukünftige Schwägerin kam auch mit, die Verlobte seines Bruders. Der war damals bei der Armee. Sie wohnte bis dahin bei ihren Eltern und hatte gerade in unserer Stadt eine Arbeit gefunden. Meine Mutter hatte ihr ein Zimmer besorgt. Nun mußte dieses Zimmer nur noch eingerichtet werden. Ich kann mich noch erinnern, wie sie auf meiner Bettkante in der Entbindungsstation saß und mir von der Zimmereinrichtung erzählte. Ihr Verlobter hatte ihr beim letzten Besuch schon die Gardinenstangen befestigt. An dem Abend wollte sie nur noch von ihrer Mutter die genähten Gardinen holen und sie anbringen. Fahr sie doch nachher schnell auf dem Motorrad, schlug ich meinem Mann vor. Sie kommt doch sonst niemals an einem Abend hin und zurück.

Um die Große brauchte sich mein Mann nicht zu kümmern, denn die hatte meine Mutter solange genommen. Das nur zur Erklärung, warum ich das überhaupt vorschlug.

Mein Mann verabschiedete sich mit ihr zusammen. Er kam in der Woche täglich, aber als er mich nach einer Woche mit dem Kind aus dem Krankenhaus in unsere Wohnung brachte, kam mir alles sehr fremd vor. Können Sie das Gefühl verstehen? Als ob alles nicht mehr an seinem Platz stand. Als ob ich in eine andere Wohnung gekommen war. – Ich sagte das meinem Mann.

Aber er winkte ab, du mit deinen Gefühlen. Ich war die ganze Woche gar nicht hier, hab bei Kollegen geschlafen. Mal wieder das Junggesellenleben genossen.

Dann stellten wir das Babybett auf. Die Kleine war von Anfang an ruhiger als die Große, aber in der ersten Nacht in dem neuen Bettchen hat sie geschrien. Wir konnten beide nicht schlafen.

Am nächsten Morgen sagte er, so unausgeschlafen könne er tagsüber nicht arbeiten. Ob ich etwas dagegen habe, wenn er bei seiner Mutter schlafe. Dort im Garten bei ihr sei auch viel zu tun. Darum wolle er gleich nach der Arbeit dorthin fahren. Nach einer Woche wolle er es dann wieder zu Hause versuchen. – Ich erzähle das ziemlich umständlich, nicht?

Ich schüttelte den Kopf.

Nach einer Woche schlief das Kind durch, und mein Mann übernachtete wieder in unserer Wohnung.

Am nächsten Tag wollte ich gern mal raus und mit ihm und dem Kind zur Schwiegermutter fahren. Mein Mann war sehr dagegen; schließlich bat er mich, nicht nach der Gartenarbeit zu fragen, die er bei seiner Mutter verrichtet hatte. Das sei doch eine Selbstverständlichkeit. Nicht der Rede wert. Ich versprach es.

Als wir bei seiner Mutter ankamen, freute sie sich sehr, gab mir einen Kuß und fragte ihn, na, was machst du denn, wie geht es dir? Erzähl doch mal! Das ist mir erst zu Hause aufgefallen. Und ich fragte ihn, wie sie ihn so fragen kann, wenn er eine Woche bei ihr war.

Da hat er mir nach vielem Hin und Her die Wahrheit gesagt: Seit zwei Wochen hatte er mit der Schwägerin geschlafen. Seit meinem Vorschlag in der Entbindungsstation, sie zu begleiten, war er mit ihr zusammen. Er hatte sie mit dem Motorrad erst zu ihren Eltern und mit den Gardinen dann zu ihrem neuen Zimmer gefahren. Dort habe sie sich bedankt und gefragt, ob er noch etwas trinken möchte. Er habe die Einladung angenommen und ihr die Gardinen angebracht. Dafür habe sie sich wieder bedankt, ihn wieder gefragt, ob er noch etwas trinken wolle. Aber Wein und nicht Kaffee wie vorher. Er habe auch diese Einladung angenommen. Sie mochte ihn schon immer sehr gern. Zum Neinsagen sei er sich einfach zu blöd vorgekommen. Außerdem sei sie sehr viel zärtlicher als ich. Er glaube auch sicher, sie liebe ihn mehr als ich. Sie wollte es auch überhaupt nicht verheimlichen, sondern ihre Verlobung lösen und ihn heiraten. Er sei auch nicht abgeneigt. Aber er wollte mir das alles nicht gleich nach der Geburt des Kindes sagen.

Ich hab ihn dann noch etwas ausgefragt. Und er hat mir alles bis in alle Einzelheiten erzählt.

Ja, Männer erleichtert das sogar, merkwürdig, dachte ich.

Er wollte durchaus kein Zusammentreffen zwischen ihr und mir. Aber ich. Und er mußte sie noch am selben Abend in unsere Wohnung holen.

Als sie ankamen, war ich ganz ruhig. Ich fragte sie, ob sie sich die Schmerzen bei einer Geburt vorstellen kann und auch das Gefühl, wenn der eigene Mann schon am nächsten Tag mit einer anderen Frau schläft. Sie könne doch noch einen anderen Mann kriegen, besonders wenn sie so ist, wie von ihm geschildert. Dann sagte ich ihr, daß ich ihrem Verlobten sofort einen Eilbrief zur Armee schicken würde. Das war ihr nun doch peinlich, und sie wollte mich davon abhalten, es ihm lieber persönlich bei seinem Besuch sagen. Ich schrieb aber noch in derselben Stunde. Und er löste die Verlobung brieflich.

(Wieder eine Frau, die sich an der anderen Frau rächt und nicht am Mann, dachte ich. Kann man als Frau den Gedanken nicht ertragen, daß der eigene Mann – schon das Wort ›eigene‹ – eine andere wirklich begehrt und sie verführt, auch gegen ihren anfänglichen Widerstand? Ist einem der Gedanke lieber, die andere ist skrupellos und egoistisch, leichtsinnig und männertoll, nimmt, wen sie gerade bekommt? In welche Rolle bringen wir die Männer in unserem gekränkten Stolz?)

In meine Gedanken kam ihre leise und bittere Stimme: Wenn ich heute ehrlich bin, ich gönnte einfach den beiden dieses Verliebtsein, diese Heimlichkeit, dieses Vergnügen nicht. Mit uns war es nicht besonders, und nun sollte es ihm mit ihr so gut gehen. Mein Ziel stand fest, ganz egal, was aus unserer Ehe wird, die beiden mußte ich auseinander bringen. Und ich habe es auch geschafft.

Ich sprach mit ihren Eltern und ihrer Arbeitsstelle. Sie wurde in eine andere Stadt versetzt. Und meinen Mann habe ich die nächsten Monate genau kontrolliert, im Werk oft angerufen, seinem Abteilungsleiter alles erzählt und ihn gebeten, ihm tagsüber nicht freizugeben, mich anzurufen, wenn er sich krankschreiben läßt. Zum Biertrinken und zu Kollegen habe ich ihn abends begleitet.

Aber sie haben sich doch heimlich gesehen. Da habe ich auch in ihrer neuen Dienststelle angerufen und um Unterstützung gebeten. Schließlich gaben sie beide auf und trennten sich.

Seitdem habe ich nur noch Widerwillen gegen ihn und sage so oft wie möglich nein.

(Das war der Moment, den ich befürchtet hatte. Dieser Moment, den ich immer vermeiden möchte. Ich merkte, wie meine Sympathie auf die andere Frau überging und die Verachtung für den Mann abnahm.)

Sie erzählte jetzt hastig, wie auswendig, wie oft, oft zu sich selbst gesagt, ihre Geschichte nach der Zeitrechnung.

Sie (sie und ihr Mann) fanden, wie man sagt, wieder zueinander und beschlossen bei der nächsten Schwangerschaft das Kind auch zu bekommen. Außerdem war inzwischen die AWG-Wohnung bezugsfertig geworden. Sollten sie die schöne Wohnung sausen lassen? Sie bekam also ihr drittes Kind, dann zogen sie um.

Sie hatte ihrem Mann gleich nach dessen Zurückfinden – so als ob er rückwärts gehend sie suchen mußte – Revanche angedroht. Damals mußte sie nicht lange suchen. Anschließend sagte sie es ihm. Da wurde er furchtbar eifersüchtig, was er vorher nicht war, weil er es nicht gemerkt hatte und es nun immer wieder geschehen konnte, ohne daß er etwas bemerkt.

Sie läßt ihn jetzt soviel wie möglich im unklaren, redet in Andeutungen, erzählt vieldeutig. Obwohl gar nichts ist.

Kurz vor der Endstation – sie sollte meine Enttäuschung über ihre berechnende Kühle nicht spüren – fragte ich sie nach ihrem schönen Ring mit dem milchig-undurchsichtigen fremdartigen Stein.

Da wieder dieser warme und traurige Ausdruck.

Um eine zweite unerwartete Wendung der Geschichte.

Gleich nach der Scheidung der ersten Ehe hatte sie einen Studenten kennengelernt. Ihre Eltern, bei denen sie noch immer wohnte und die auch oft ihr Kind betreuten, waren sofort dagegen. – Aber er war so schön und so zärtlich und so liebenswert und so sinnlich und so klug wie nie ein Mann vorher und nachher. Wie sie ihn liebte – man konnte wirklich hingeben dazu sagen. Sie waren so oft wie nur möglich zusammen.

Im Anschluß an das Studium ging er beruflich ins Ausland. Nach seiner Rückkehr zwei Jahre später sollte die Hochzeit sein. Mit dem kleinen Kind konnte sie nicht mit ihm gehen. Zum Abschied schenkte er ihr diesen Ring. Er hatte ihn von seiner Mutter für seine zukünftige Frau bekommen.

Aber er schrieb ihr so wenig und so sachlich, und sie begann zu zweifeln, ob er das mit dem Ring überhaupt ernstgemeint hatte. Die Zeit bis zu seiner Rückkehr schien ihr entsetzlich lang zu werden, und das schrieb sie ihm.

Er muß diesen Brief mißverstanden haben, denn er antwortete nicht mehr. Ich weiß gar nicht, ob er überhaupt noch lebt, sagte sie traurig.

Im selben Jahr lernte sie ihren jetzigen Mann kennen. Sie dachte damals: Erstens hat er schon eine Wohnung, und ich kann von den Eltern wegziehen, wenn ich ihn heirate. Zweitens ist es sowieso egal, wen ich heirate, denn ich habe so geliebt, da ist nichts mehr übrig für einen anderen Mann.

Anfangs in der Ehe kam ich mir richtig untreu vor und hatte ein ganz schlechtes Gewissen, wenn ich mit meinem Mann zusammen war. Aber meinem Mann habe ich das alles anders erklärt. Ich sagte ihm nie, daß ich mir immer den andern vorstellte, wenn ich ihn küßte.

Eigentlich ist er der Betrogene.

Vielleicht hat er meine Gleichgültigkeit doch gespürt, und die andere wäre für ihn passender gewesen. Sie hat doch auch viel mehr Opfer für ihn gebracht. Eigentlich hatte sie dann ja nichts mehr.

Vielleicht haben sie sich so gut verstanden wie ich mich mit dem hier.

Sie streichelte dabei den Mondstein.

Wäre es nicht gerechter, wenn Sie den Ring mit dem Mondstein an dem anderen Ringfinger tragen? fragte ich sie.

War sie erleichtert, oder täuschte ich mich?

Als wir am Zielbahnhof waren, begleitete sie mich zu meinem Anschlußbus, freute sich, daß noch eine Dreiviertelstunde Zeit bis zur Abfahrt war, und holte von einem Stand Kirschen. Dann setzten wir uns auf eine Bank in die Sonne, aßen die saftigen und süßen Kirschen.

Und sie fragte mich, ob ich glaube, daß in ihrer Ehe noch etwas zu retten ist.

Endlich der Moment, in dem sie Frieden schließen wollte.

# Ansichtskarten

Paris um Mitternacht liebe ich besonders. Das ist ein reines, ungetrübtes Gefühl, kenne ich doch Paris nicht einmal vom Sehen.

(Julian Tuwim)

Wenn sie dann drüben angekommen sind, mit falschen Pässen, im plombierten Kühlraum, im Kofferraum, in Düngeflugzeugen, Luftballons oder auch mit einem echten Paß mit behördlicher Erlaubnis, bekommen wir bald die ersten Ansichtskarten.

Immer ist es ein blauer Himmel. Und damit er sich besser abhebt und noch blauer wirkt, sieht man im Vordergrund weiße Berge. Die Gletscherspalte weist auf die Gefährlichkeit hin, in der der Ansichtskartenschreiber diese Ansichtskarte verfaßte. Wäre er doch fast hineingefallen, als er darüber sprang.

Und auch die Skikünste, sind sie doch viel besser geworden, seit der Ansichtskartenschreiber seine Ferien in den Alpen verbringt.

Auch im Sommer sind die Alpen schön, das sieht man an den späteren Ansichtskarten: Die haben zwar auch einen blauen Himmel, aber nun stehen die Matten mit den vielen Bergblumen im Mittelpunkt. Gerade hat der Ansichtskartenschreiber davon welche gepflückt und an uns gedacht, nämlich, daß wir niemals so schöne Blumen in solchen Matten in dieser Alpeneinsamkeit pflücken können.

Nach der Ansichtskarte zu urteilen, liegt der Mont Blanc in Frankreich, und wir werden bestimmt die Liebe zur Natur verstehen, wenn wir die umseitige Ansicht betrachten. Es sind jedenfalls glückliche Tage, die gerade dort verlebt werden.

Und St. Moritz liegt in der Schweiz und gibt einen Sonderstempel vom Bündner Tierschutzverein mit einer Schnecke und der Aufschrift: Vergeßt die Tiere nicht. Das Engadin strahlte golden, warm und sonnig bei einer Talsohle von 1850 m Höhe und dem Sitz des Ansichtskartenschreibers in 3400 m Höhe, den er bereits in siebenstündiger Autofahrt erreichte, wobei er auch die Windstille und die gold-gelben Lärchen nicht unerwähnt wissen wollte. Als er im

Flugzeug Richtung Nizza über all dies flog, sah es auch schon ganz eindrucksvoll aus, aber nun selber hier, ist es doch etwas ganz anderes. Und er kann in Ruhe von Berlin träumen.

Firenze ist offensichtlich dasselbe wie Florenz. Denn warum sonst sollten Absenderangabe, Poststempel und gedruckte Ansichtskartenbeschreibung nicht übereinstimmen.

Jedenfalls befindet sich der Ansichtskartenschreiber dort auf der Suche nach der Welt von gestern und hat bei der Gelegenheit eine Fahrt nach Pisa unternommen, um zu sehen, ob der Turm noch steht.

Launig teilt er uns mit, daß er noch steht.

Seine Arbeit sei manchmal deprimierend, und da braucht er einfach diese Abwechslung als Kontrast.

Dieses Mal hat der Schreiber wenig Zeit, weil er gerade seine Sachen für einen Disco-Bummel in Baden-Baden rüstet, wo er auch beabsichtigt, gut zu essen. Er denkt trotzdem in Klammern oft an uns.

Die Karte ist zwar auch farbig, aber sie steckt in einem Briefumschlag, weil sie ganzseitig beschrieben ist. Keine fotografierte Landschaft, sondern ein naives Bild, eine ländliche Szene. Hinter dem geschlossenen Gartentor hinter einer hüfthohen Steinmauer steht der alte Bauer. Im Hintergrund sein rohrgedecktes Haus und der Blumengarten. Im Vordergrund ein junger Mann in Arbeitssachen mit Hund, auf dem Weg von oder zu der Arbeit, mit Blick auf den alten Mann.

Der Titel: Vergehende Zeit.

Diese Karte steht nun im Bücherregal.

Eine andere Karte, die ich auch nicht verbannte, steht daneben. Eine Fotografie zeigt ein weißes Schloß mit grünen, zart blau-graugrünen Türmen, elf kann ich zählen, mit Burgzinnen, einige sehen türkisch aus, mit einer ockerfarbenen Einfahrt, ganz allein zwischen bewaldeten Hügeln in der Sonne, einen Bergsee halb verdeckend, im Hintergrund steinerne Berge: das Königsschloß Neuschwanstein mit Schloß Hohenschwangau, Alpsee und Tiroler Bergen. Rot- und Goldtöne in den Wipfeln der Laubbäume, eine Luftaufnahme.

Da war eine Sehnsucht geschürt, die ich mühsam bekämpft hatte.

Das Wetter ist leider regnerisch, erfahre ich, und es war nur ein Tagesausflug. Wir sollen es uns gut gehen und von uns hören lassen.

Unvernünftig hoffe ich, daß es dieses Zauberschloß gar nicht gibt, es ist nicht für eine Ansichtskarte geknipst, die man stolz in den Osten schickt, es erscheint nur manchmal, gerade, wenn es will, in Märchenminuten.

Und ich sage mir, daß man sicher einen hohen Eintritt zahlen muß, daß Papier herumliegt, Cola und Ansichtskarten, vielleicht gerade diese, verkauft werden, oder daß da steht: Privatweg – Weitergehen verboten – und es wirklich regnet – aber es nützt nichts.

Dieses Schloß für Rapunzel oder Dornröschen, diese Illusion einer Zuflucht in dem obersten chagallgrünbedachten Turmstübchen gibt es.

Es gibt sie alle, diese Ansichten.

Und ich würde mir auch nicht glauben, daß ich eben in Kreta gelandet bin, auf einem Flugplatz am offenen Meer, hinter dem Hotel die Berge 2500 m hoch. Oder daß ich gerade eine Autofahrt am Rhein entlang mache, in Zürich am Horizont die weißen Berge sehe oder den Kölner Dom oder in Holland nicht weit von der Nordseeküste, die ich eben besuchte, planlos herumfahre. Ich würde mir nicht glauben und an die vielen Ansichtskarten denken, die ich aus dieser Gegend erhielt.

Und dann würde ich zu einem Ansichtskartenstand gehen, die schönste Karte erwerben, frankieren und an einen bestimmten Menschen adressieren, damit er mit mir zusammen glaubt, daß ich wirklich hier gewesen bin.

Als Beweis.

Aus Verzweiflung und weil ich dort so fremd bin.

Aber die selbstverständlichen Ansichtskarten derjenigen, die schon immer dort leben: Da liegt ein Krokodil mit offenem Rachen in der Sonne, seine Sprechblase lockt: Waiting for you in Florida. Und auf der Rückseite steht, daß zwar nicht so viele Krokodile herumlaufen, aber dafür viele sehr fette junge Amerikaner, naja, die essen und trinken eben zuviel.

Bis bald, steht auf der Karte, bis sie uns wieder mal besuchen.

Oder auf einer Karte aus Siena steht: Wie gewohnt blau-blauer Himmel und Sonne und Kultur und etc. etc.

Trotzdem freuen sie sich auf ein Wiedersehen mit uns. Und zwar im grauen Berlin.

Was die anderen nicht hinzufügen.

# Das verbotene Zimmer

> Ich hatte das Glück, daß, als ich mit zwanzig Jahren die
> oberste Prüfung der untersten Schule abgelegt hatte, der
> Bau der Mauer gerade begann.
> (Franz Kafka, *Beim Bau der chinesischen Mauer*)

Dort bin ich geboren worden vor langer Zeit: in dem verbotenen
Zimmer.

Nun lebe ich in einer großen Wohnung mit vielen Zimmern. Und
das verbotene ist eins von ihnen.

Unterirdische Gänge führen hinein. Unter meinen Fußbodendielen
höre ich die Bewohner des Zimmers hin- und hergehen. Wenn ich
aus dem Fenster sehe, kann ich sie beobachten. Da stehen sie auf
dem Fensterbrett und warten auf den fliegenden Teppich, der sie
wegbringt und wiederbringt. Sie schweben über die Gärten und die
Parks und die Wälder und die Gebirge in Länder, wo die Märchen
spielen. Dann kommen sie zurück und wohnen wieder in dem
verbotenen Zimmer.

Es ist ganz klein, ich kann um die Wände herumgehen. Mein Leben
wird nicht ausreichen, alle anderen Zimmer zu sehen, alle Gärten,
alle Parks, alle Wälder und alle Berge.

Warum will ich in dieses Zimmer sehen? Hab ich nicht gelernt aus
dem Märchen?

Ich stelle Mutmaßungen über das Innere des Zimmers an, beschaffe
Fotografien, horche an den Wänden, lehne mich aus dem Fenster,
befrage die Bewohner.

Ja, ich befrage die Bewohner, wenn sie mich besuchen. Die langhaa-
rigen Frauen, die pakistanisch gekleideten Männer, die Kinder mit
den Nickelbrillen.

Bei uns fängt das Jahr nie an, sagen sie. Bei uns gibt es immer
Maiglöckchen oder Nelken, blaue oder gelbe.

Bei uns ist der Tag nie zu Ende, sagen sie. Der Abend ist schon der
Morgen des nächsten. Du kannst theoretisch alles kaufen. Für Geld
alles. Wenn wir in dem Zimmer spazieren gehen wollen, müssen wir
uns aneinander vorbeidrängen. Wenn wir uns auf den Teppich

setzen wollen, ist kaum noch Platz. Glaub uns, sagen sie, bei dir ist es schöner, leerer, ordentlicher. Du versäumst wirklich nichts.

Ich sehe ihnen zu, wie sie wieder durch ihre Tür gehen. Und bleibe zurück.

Ich träume, daß ich in Westberlin bin: Auf einer abgelegenen Straße gehe ich an einem Bahndamm entlang und denke, das wolltest du dir eigentlich nicht ansehen. Du wolltest doch über den Kurfürstendamm gehen oder nach Kreuzberg zu den Türken. Die Straße ist endlos. Nun hören die Häuser auf, auch der Asphalt. Die Straße ist staubig.

Weit weg sehe ich Hochhäuser, treppenförmig. Das wird wohl das Märkische Viertel sein oder die Gropiusstadt, denke ich. Aber eins davon liegt doch in der Nähe vom Treptower Park? Dann gehe ich doch die falsche Richtung. Alles wieder zurück? Ich habe keinen Stadtplan. Und die Menschen, die ich frage, weisen mir komplizierte Wege.

Immer denke ich, du hast nicht mehr viel Zeit. Es wird schon dunkel, und du mußt pünktlich um Mitternacht wieder an der Grenze sein.

Ich gehe über eine belebte Straße, und die Passanten scheinen mir anzusehen, daß ich aus der DDR komme. Sie sind mißtrauisch. Noch auf dem Fahrdamm stehend, verteidige ich mich. Den Näherkommenden sage ich, daß ich Schriftsteller bin und darum darf. Man läßt mich weitergehen.

Ich treffe eine Prager Kollegin. Sie lädt mich zu einem Kaffee ein. Aber ich lehne ab, weil es mir um die Zeit leid tut. Ich möchte lieber noch durch die Straßen gehen, statt in einer Gaststätte zu sitzen. Das kann ich auch bei uns. Ich will nichts haben, nichts kaufen, nur sehen.

Plötzlich ist es schon am Morgen des nächsten Tages. Ich habe große Angst, weil ich meine Zeit überschritten habe und sie mich nun an unserer Grenze vielleicht nicht mehr zurücklassen. Da sehe ich in der Westberliner Straße einen Volkspolizisten. Ich hole ihn ein und frage ihn um Rat. Aber er weiß auch nichts.

Ich sitze in einem Zug der Stadtbahn. Er soll bis zur Friedrichstraße fahren, aber ich habe keine Fahrkarte. Natürlich kommt eine Kontrolle. Ich kann die Strafe nicht zahlen, weil ich kein Westgeld habe. Am Bahnhof Friedrichstraße habe ich keinen Paß. Wie soll ich unsern Grenzbeamten beweisen, daß ich aus der DDR bin und zurück will.

Alpträume.

Nein, ich war auch noch nicht wieder in Westberlin, sagt ein Mann meines Alters zu mir. Seit Einundsechzig nicht mehr. Bis dahin war ich dort viel im Kino und in Ausstellungen. Aber ich träume oft, sagt er, daß ich zum ersten Mal nach vielen Jahren in Westberlin bin und bei der Gelegenheit erfahre, daß ich die ganzen Jahre schon hätte fahren können. Von uns erfahre ich das, ganz zufällig, verstehen Sie? Und er sieht mich spöttisch lächelnd durch seine Brille an.

Nein, wir träumen nicht von Westberlin, sagen sie beide, seit 1966 Berliner. Ja, 1951, bei den Weltfestspielen in Berlin sind sie beide, aber da kannten sie sich ja noch nicht, mit ihren großen Brüdern, den Verführern, nach Westberlin gefahren. Und es sollte nicht sein.

Sie erinnert sich an das Eis am Stiel, außen Schokolade und innen gefrorene Vanille-Eiscreme, und er an die Schokoladensuppe bei einer kirchlichen Einrichtung. Aber sonst kam man ja nicht extra nach Berlin.

Ich war damals schon so folgsam, sagt eine Frau zu mir. Als bei den Weltfestspielen die andern heimlich nach Westberlin fuhren, traute ich mich nicht. Weil meine Mutter mir das verboten hatte. Nur zur Konfirmation, als ich Schuhe brauchte, ist meine Mutter mit mir extra nach Berlin gefahren. Direkt in ein Schuhgeschäft. Sie hatte sich vorher in unserer Kleinstadt genau erkundigt, wo man in Westberlin billig gute Schuhe kriegt.

Zum Schuhgeschäft und zurück, das war das einzige Mal.

Ein Freund meines Vaters, aber meinen Vater kannte ich nicht und auch nicht diesen Freund, bekam bei uns lebenslange Zuchthausstrafe. Wegen Spionage.

Er war nach Westberlin gereist und hatte dort auch das Ostbüro einer Westberliner Partei aufgesucht. Dort unterhielt man sich mit ihm über seine Arbeit auf der Schiffswerft und andere Einzelheiten. Als er aus dem Büro herauskam, fotografierte ihn ein Mann, der ihn bei uns vor Gericht auch wiedererkannte.

Das war vier Jahre nach dem Krieg. Und ich war neun, als sie es mir erzählten.

Nach Westberlin fuhr man mit einer Rückfahrkarte für vierzig Pfennige Ost. Der Wechselkurs wurde jeden Tag in den Westnachrichten angesagt. Eins zu sechs war am höchsten. Und als ich mit zehn so dringend Sandalen brauchte, für 16 Mark aus braunem weichen Leder, eine halbe Nummer größer auf Zuwachs, meine Zehen sah ich unter dem Röntgenschirm bei Salamander, da waren es für meine Mutter fast einhundert Mark, der vierte Teil von ihrem Monatsgehalt.

Als ich 21 war, im Urlaub an der Ostsee, erfuhren wir es beim Frühstück:

Eine Mauer war gebaut.

Über Nacht.

Und mein zweiter Gedanke war: Das nächste Kind mußt du zur Welt bringen. Der dritte: Da bist du doch geboren. Und der erste: Ich bin es, die eingemauert ist. Eine Mauer um mich.

Ein unzutreffender Gedanke, wenn ich mir die Landkarte ansehe.

Auch heute kann man nach Westberlin mit einer Rückfahrkarte fahren, aber sie kostet zwei Mark vierzig. Man kann sie an jedem S-Bahnschalter ohne Reisepaß lösen. Zum Beispiel auch am Alex.

Ich sagte, einmal Westberlin, bitte. Die Schalterbeamtin antwortete sachlich: Nach Westberlin müssen Sie mit Rückfahrt lösen.

Das habe ich nicht geträumt. Ich habe seitdem überhaupt nicht mehr von Westberlin geträumt – denn ich war da.

Sieh nur hinein, haben sie zu mir gesagt, geh in das verbotene Zimmer. Es ist für dich nicht verboten. Schreib etwas darüber. Wenn du es für die Arbeit brauchst, ist es gar nichts Besonderes. Eine Selbstverständlichkeit.

Geh, für ein paar Tage. Und komm abends wieder. Ein Dienstvisum. Devisen können wir dir nicht geben, aber morgens und abends kannst du ja zu Hause essen. Du kannst auch mit dem Fahrrad rüberfahren, weil die Nahverkehrsmittel so teuer sind: Bus und U-Bahn eine Westmark. Die S-Bahn in Westberlin gehört uns; aber du hast ja nur eine Rückfahrt. Am Bahnhof Friedrichstraße gibt es einen Übergang für Diplomaten und Dienstreisende. Von dort kannst du mit der S-Bahn weiterfahren.

Ich hatte also ein Ausreisevisum in meinem Reisepaß, der für alle Staaten und Westberlin gültig ist, und fuhr zum Bahnhof Friedrichstraße.

Das Gefühl wie vor einer Operation.

Warum stehen Sie denn an der langen Schlange an, fragte mich unser Grenzsoldat. Sie sind doch kein Rentner, zeigen Sie mal Ihr Visum. Sehen Sie, Sie können zu dem Durchgang für Dienstreisende. Sie brauchen doch nicht anzustehen.

Machen Sie mal Platz, sagte er zu der Rentnerin.

Es ist das erste Mal, sagte ich entschuldigend.

Ich ging zu dem anderen Durchgang und hatte furchtbares Herzklopfen. Aber alles schien seine Richtigkeit zu haben.

Mein Paß wurde hinter eine braune Scheibe geschoben, der Offizier sah mich die wenigen Sekunden diskret an. Dann, als der Paß zurückkam, verglich er Foto und Gesicht. Ich konnte durch die Schranke gehen.

Aber ich war doch immer noch bei uns?

In einiger Entfernung vor mir sah ich Offiziere von uns stehen.

Der S-Bahn-Fahrkarten-Automat war schon für Westgeld eingerichtet. Der Fahrkartenentwerter für mich. Aufgang zur S-Bahn. Abgang zur S-Bahn. Übergang zur U-Bahn.

Als ob es ganz normal ist, dachte ich.

Auf den Stufen saßen Türken. Vor dem Intershop eine Schlange. Die Rentnerinnen halfen sich gegenseitig: Nach Neukölln müssen Sie hier einsteigen.

Es war Westen und doch nicht Westen. Ich stand auf dem S-Bahnsteig Richtung Zoo. Wenn ich den Blick hob, sah ich oben in der verglasten Kuppel des Bahnhofs unsere Grenzsoldaten auf dem schmalen Steig hin- und her- und wieder hingehen, den Blick auch auf den anderen Bahnsteig: Richtung Königswusterhausen. Ich hörte die Stimme der Stationsvorsteherin: Königswusterhausen zurückbleiben. Und dann fuhr mein Zug ein, über der Erde, ich setzte mich auf eine Holzbank, ans Fenster, in eine S-Bahn Richtung Zoo, alte Menschen von uns mit ihren Rollwagen, einem Asternstrauß aus dem Garten, eine Schauspielerin von uns, wir mustern uns heimlich. Ein paar junge Männer sind nur zum Einkauf ausgestiegen, Zigaretten und Schnaps aus dem Intershop. Sie brechen ihre Zigarettenstangen auseinander, in die Jackentaschen, in die Hosentaschen, in die Brusttaschen. Eine Frau steigt ein und fragt mich aufgeregt in süddeutschem Akzent, ob das Richtung Zoo sei. Als ich bejahe, setzt sie sich gegenüber.

Man ist immer erst wieder ruhig, wenn man von drüben zurück ist, nicht?

Der Zug fährt an, und ich sehe hinaus. Man könnte in dieser S-Bahn rauchen, aber ich bin ja Nichtraucher.

Die Rückseiten der Häuser. Die ungewohnte Perspektive. Die Grenzsoldaten an den Gleisen.

Die Charité: mein früheres Arbeitszimmer. Leute in weißen Kitteln.

Die unbebaute Fläche bis zum Fluß. Ein landwirtschaftliches Gerät eggt oder harkt die Fläche.

Die Beobachtungstürme. Die Soldaten. Die Stacheldrähte.

Und ich fahre mit der S-Bahn darüber hinweg. Die türkische Familie links gegenüber erzählt sich Witze und wickelt Kaugummis aus. Ich stehe auf und drücke meine Stirn an die Türscheibe.

Die Mauer ist von uns aus weiß gestrichen.

Die ersten Autos auf den Schrottplätzen. Gar nicht so kaputt. Die bunten Autos überall, die Tankstellen. Menschen auf der Straße. Menschen, die hier zu Hause sind.

Ich setze mich wieder.

Eine schmutzige Stadt ist Westberlin, nicht? sagt meine Dame gegenüber. Diese Altbausubstanz wäre in jeder anderen westdeutschen Stadt schon lange rekonstruiert. Naja, überaltert.

Die Siegesgöttin auf der Siegessäule ist golden. 1961 war sie noch nicht so golden, denke ich.

Am Bahnhof Zoo steige ich aus. Leere Kioske auf dem Bahnsteig. Die dunkle Treppe durch den Schalter hindurch, hier entwerten noch Menschen. Ein paar Zivilisten weisen sich als Zollfahnder aus und kontrollieren Reisende mit großen Taschen. Vorbei an den Jungens mit den knappen Hosen vor der Herrentoilette. Vorbei an dem Mann mit geschwollenem Gesicht, der an der Wand lehnt. Aus dem Bahnhofsgebäude heraus.

Jetzt bin ich wohl wirklich im Westen?

Ich greife nach dem Paß in der Brusttasche meiner Kutte. Nur nicht verlieren.

Alle Häuser stehen woanders.

Aus dem Fernsehen weiß ich, daß hier Rauschgifthandel und Prostitution blühen, daß es hier einen Jungenstrich gibt.

Ich weiß eigentlich schon alles. Die Reklamen kenne ich, die Schokoladensorten, die Waschmittel. Und da stehen auch die blauen und gelben Nelken. Auf der Straße in großen Kübeln, können doch nie bis heute abend alle werden. Was macht man eigentlich mit überflüssigen Blumen?

Das Schriftbild der Zeitungen.

Die Züricher Zeitung ist wirklich so dick.

Die Schlagzeilen.

»Tumult in der S-Bahn, Schaffnerin biß Fahrgäste.«

1961 hatten die Pornozeitungen noch Banderolen in Busen- und Hinternhöhe. Solche äußeren Merkmale werden jetzt nicht mehr verdeckt.

Die »Spiegel« der vergangenen Woche sind als Altpapier zusammengeschnürt.

Meine Neugier ist groß. Am liebsten würde ich einen ganzen Tag in der Ecke des Zeitschriftenladens sitzen, lesen und Farbfotos ansehen.

Und wenn mir nun jemand folgt?

So wichtig bin ich für niemand. Mir ist trotzdem unheimlich.

Mein Mann sitzt jetzt am Schreibtisch und telefoniert, mein Sohn sägt einen Baum um und muß aufpassen, wo er hinfällt, meine Mutter trinkt Kaffee und sieht den Vögeln auf ihrem Balkon zu, und mir wollen sie alle was verkaufen. Aber das passiert nur außen. Innen spüre ich eine große Gefahr, nicht daß ich träume, sondern verwechsle, was ist und was nicht ist.

Mein Herz klopft, und ich fühle mich beobachtet. Das ist. Ich heiße So und So. Heute ist der Soundsovielte, der Wochentag, die Jahreszahl. Ich sehe auf die Zeitung. Es stimmt.

Ich bin heute in Westberlin. Und zwar mit 38 Jahren. Seit 17 Jahren zum ersten Mal. Und ich sehe mir jetzt die Zeitungen an. Blättern ja alle darin. Niemand würde es wagen, einen Interessenten zu ermahnen, mit der Zeitung vorsichtig umzugehen. Da geht man dann ins Geschäft nebenan und kommt nie wieder.

Merken Sie sich das, zu Ihnen komme ich nie wieder.

Ein Teil meines Gehirns übernimmt jetzt eine erzieherische Funktion. Es spricht mit mir, etwas befremdet, aber geduldig: Wieviel tausend Mark wird wohl diese Werbungsseite kosten? Hier soll die Frau in ihrer alten Rolle festgenagelt werden!

Zehn Zeilen und ein Foto über zwei Seiten!

Sympathische Farbfotos von Strauß!

Die Politiker in ihren gebügelten Hosen, den schmalen Bindern.

Warum wirken die alle eigentlich so seriös, frage ich mich. Das kann doch nicht alles am Kammgarn liegen.

Und auch über uns, was heißt, über uns, über unsere Regierung, was heißt, über unsere Regierung, also über die Regierung der DDR sind sie sich völlig im klaren. Unterschiedliche Deutungen, aber sonst alles klar.

Der Geruch der Autos.

Mit geschlossenen Augen riechst du es.

Als ob ihr Auspuff parfümiert ist.

Man könnte es atmen, bis man tot umfällt.

Der Geruch der Menschen. Ich könnte sie mit verbundenen Augen aus uns herausriechen.

Die Sonderangebote: 3 Stück Seife, 10 Paar Strumpfhosen, alles blaue, weil jetzt braun modern ist. Leder-Holz-Pantinen, weil der Herbst kommt.

Die Wühltische bei C & A. Das Erdgeschoß voll Hemden und Blusen. 100mal das gleiche. Das würde auch bis morgen reichen. Blaue Cordsamthemden sind 6 Mark billiger als braune. Die Kunden Ausländer, Studenten, Arbeitslose, Rentner. Ich sehe jemand beim Klauen zu: die offene große Reisetasche auf dem Boden vor dem Wühltisch und die Hemden beim Wühlen herunterfallen lassen. Dann weiterwühlen, sich bücken und weitergehen. Die Schaufensterscheibe im Rücken, die Fernsehkamera vorher geortet, er blieb unentdeckt.

Bei uns hätte ich es der Verkäuferin gesagt, aber hier wär ich mir vorgekommen wie eine Petze. Eine Einmischung, nicht zuständig, exterritorial.

Bei uns am Strumpfstand sah ich einer Frau zu, die genauso Strumpfhosen in ihre Tasche fallen ließ. Und als es immer weiterging, zeigte ich es der Verkäuferin, ganz ohne Skrupel. Seitdem weiß ich, daß an den Ausgängen unserer Kaufhäuser Kriminalpolizisten stehen. Sie holten sie am Märchenbrunnen ein und fanden noch 15 Babyjacken, Wolle, Schuhe, unbezahlt. Draußen wartete ihr Mann auf sie, mit der zweiten großen Tasche. Ich fühlte mich selbst bestohlen.

Hier hätte ich sicher eine Belohnung bekommen. Vom Warenhauskonzern. Und morgen gäbe es eine Schlagzeile: »Ost-Schriftstellerin stellt Warenhausdieb«. Als bei der Leipziger Buchmesse mein Nachbar das letzte Exemplar der Jandl-Gedichte auch noch klauen wollte, sagte ich leise: Das finde ich egoistisch, ich will es mir vorher ansehn. Er stellte es lächelnd zurück für mich, und für kurze Zeit ging er an die andere Bücherwand.

Ich muß einfach so aussehen, daß man vor mir keine Angst kriegt, denke ich. Verschämt kaufen elegante Damen hier ein. Das Etikett entfernen sie noch im Laden. Das Kleidungsstück packen sie gleich in eine andere Tüte um, eine schwarze mit französischer Aufschrift, sorgsam bewahrt für solche Zwecke. Was soll man im Tennisclub denken. Du kaufst wohl bei Karl und Anna, was?

Auf die Frage, wo sie das Hemd herhat, das sie in der Hand hält, antwortet eine, allerdings sehr Elegante: Das hab ich mir von einem dieser Kulis raussuchen lassen.

Die Anstrengung, reich zu wirken.

Der Frauenbuchladen. Männer dürfen nicht hinein. Im Schaufenster die Adresse des Frauenhauses für geschlagene Frauen, die Telefonnummer für vergewaltigte Frauen.

Ich gehe hinein und komme mir in diesem Moment ganz privilegiert vor als Frau. Ich muß wohl wirklich eine Frau sein, denn sie werfen mich nicht wieder hinaus.

Eine Frau im Jugendstil, krauses schulterlanges Haar und fließendes Gewand, fragt, ob sie mir helfen kann. Ich will wissen, ob Männer wirklich nicht reindürfen. Sie bejaht.

Und warum?

Das ist ausdiskutiert.

Ich verstehe es nicht.

Wenn du ein wenig darüber nachdenkst, kommst du von selbst drauf, antwortet sie mit rätselhaftem Lächeln.

In dem anschließenden Raum sitzen schöne Mädchen und trinken Tee. Die Zeitschriften darf man sich ansehen: Emma, Courage, Lesbenpost – Lesbe, wo bist du?

Frauenvergötterung. Männerverteufelung.

Das sind doch nicht unsere Feinde, sage ich.

Sie lächeln nachsichtig. Noch ein Blick auf meinen Ehering, ich bin ein Überläufer. Trotzdem schenken sie mir ein Plakat, das sonst drei Mark kostet. Ein Gedicht über Lilith.

Ihnen hab ich gesagt, wo ich her bin. Ein guter Rat, sag nicht BRD, sagt ein Mädchen sanft zu mir. Das sagen hier nur Kommunisten. Ich hab in den nächsten Tagen noch oft gesagt, wo ich her bin. Und immer haben sie es mir nicht glauben wollen. Sie sind doch kein Rentner.

Und heute abend gehen Sie zurück? Freiwillig?

Haben Sie drüben Geiseln lassen müssen, fragt mich der Hauswart in Nummer 73, in der Straße in Kreuzberg, in der ich geboren bin.

Nein.

Aber sind Sie nicht verheiratet?

Doch, und ich hab auch ein Kind.

Na dann, sagt er erleichtert und läßt mich in seine Wohnung.

Das Haus hat einen Bombentreffer bekommen, noch in den letzten Kriegstagen. Jahrelang war der Seitenflügel eine Ruine. Vor ein paar Jahren ist es aufgebaut worden, ohne Hinterhof und Seitenflügel, mit Fahrstuhl und Tiefgarage.

Ich darf aus seinem Küchenfenster auf die Betonfläche sehen, auf der der Seitenflügel stand. Nach der Zeichnung meiner Mutter stelle ich mir das Schlafzimmer vor, in dem sie mich geboren hat.

Die Bombe hätte uns alle töten können, sage ich.

Die einzige Bombe in dieser Straße, antwortet er.

In diesem Haus wohnen meist Ausländer. Anständige Leute, das betont er.

Er hat da ein Mitspracherecht. Einen Verrückten haben sie jetzt endlich raus. Sie sind einfach über Beleidigungen gegangen.

Aber wenn er verrückt war, mußte er doch behandelt werden, sage ich.

Der hat mich schlecht gemacht, das lasse ich mir nicht gefallen. Der soll sich sonstwo behandeln lassen, hier nicht.

Ob ich ein Steinbock bin.

Ich bejahe.

Das hat er gleich gemerkt. Dieses Zielstrebige und doch Distanzierte. Ob ich einen Kognak möchte.

Ich lehne höflich ab.

Das Telefon klingelt, seine Freundin. Sie ist Wahrsagerin und ahnt gerade, daß er Frauenbesuch hat. Sie ist immer so eifersüchtig, sagt er leise zu mir. Dabei hält er die Telefonmuschel zu.

Aber sie ist aus dem Osten und verheiratet, höre ich ihn sagen. Brauchst keine Angst zu haben. Das ist hier ihr Geburtshaus. Sie ist Steinbock.

Nun scheint die Freundin beruhigt zu sein.

Beim Hinausbegleiten erklärt er mir noch seine zerschnittenen

Lederklubsessel: Einbrecher, die haben nach Geld gesucht. Er hat seinen Sohn in Verdacht. Genau so ein Verbrecher wie seine Mutter.

Zum Abschied schenkt er mir eine astrologische Zeitschrift. Wenn ich ihm meine Adresse geben würde, dann könnte er mir jedesmal die neueste Nummer in den Osten bringen. Zur Not auch nur in den Briefkasten stecken. Wenn er Glück hat und sie überhaupt über die Grenze kriegt.

Die astrologische Zeitschrift nehme ich, die Adresse gebe ich aber nicht. Das kann er andererseits auch wieder verstehen. Er ist ja schließlich auch Steinbock.

Auf Nummer Sicher gehen, nicht?

Als ich draußen vor dem Haus stehe, sehe ich noch einmal die Fassade an: Alle anderen Häuser wie im Prenzlauer Berg, bloß dieses nicht.

Vor 61 hab ich mich nicht für meine Kindheit interessiert. Hätte mir doch schon vorher die Ruine ansehen können.

Dann wäre wenigstens etwas übrig: der Blick vom Balkon auf den Hinterhof. Ich hätte sicher geklingelt, wäre durch die Zimmer gegangen.

Ein Ursprung.

Wenn wir hier geblieben wären oder vielmehr dort geblieben wären, wo wäre ich jetzt? Auch bei uns?

An einem der nächsten Tage stehe ich wieder vor so einem Haus in Kreuzberg. Davor eine Feuerwehr, eine medizinische Ambulanz, viele Menschen auf der Straße, auf den Balkonen Türken mit ihren Kindern auf dem Arm. Alle sehen nach oben.

Mädchen, willst du dir nicht zwanzig Mark verdienen, fragt mich ein betrunkener Mann freundlich. Neben seinen Beinen steht die offene Einkaufstasche mit der Schnapsflasche.

Ich kann nicht mehr so laufen, sagt er. Aber du, geh doch einfach zur nächsten Telefonzelle und ruf den Rias an oder die Bildzeitung. Sag, es will jemand aus dem vierten Stock springen. Die kommen gleich und geben dir das Geld.

Vor dem Haus stehen Feuerwehrleute und halten ein Sprungtuch.

Im Hinterhof, da stehen sie auch, sagt der Mann. Der springt doch nicht, wenn die unten stehen.

Die Männer in den weißen Kitteln gehen in den Hausflur.

Ich hab das übrigens unserm Grenzer erzählt, als ich zurückkam.

Niemand redet sonst mit ihm. Alle gehen so seriös und verschwiegen durch den Diplomaten-Ein- und Ausgang. Er hörte mir gebannt wie einer Märchenerzählerin zu. Dann sagte er lächelnd: Stimmt, so was sieht man ja auch immer in den Krimis.

Die S-Bahn gehört uns. Darum nehmen wir auch das Westfahrgeld ein. Darum sollen sie drüben mit der U-Bahn fahren, die uns nicht gehört. Aber die U-Bahn fährt durch uns durch. Es gibt Luftlöcher in unseren Bürgersteigen. Man hört die fremden Züge unter uns durchfahren. Und ich setze mich auch hinein.

Schwarzfahren kostet Nerven – Fahrkarte beruhigt. Überall dieses Schild. Die Fahrkartenkontrolle mit schrillen Pfiffen, wie eine Polizeirazzia, alle Ausgänge sind von jungen Männern besetzt.

Viele fahren vom Norden nach dem Süden mit dieser Bahn.

Letzter Bahnhof in Westberlin.

Durch unsere stillgelegten Bahnhöfe, die dunklen Bahnsteige, unsere Grenzsoldaten auf dem Bahnsteig. Ein frischgemaltes Stationsschild: Stadion der Weltjugend, das ist das frühere Walter-Ulbricht-Stadion, wann werden sie es umgemalt haben, auch gleich?

Die nächsten Bahnhöfe haben fast unkenntliche Namen: Nordbahnhof, Oranienburger Tor.

Friedrichstraße ist erleuchtet und eine richtige Haltestation, dann wieder Französische Straße, Stadtmitte im Dunkeln. Kochstraße in Westberlin erleuchtet. Wo sind diese dunklen Bahnhöfe in Wirklichkeit? Sind sie bei uns?

Wie schon im Traum, so denke ich auch in Wirklichkeit an die rechtzeitige Rückfahrt.

Der Mann am S-Bahn-Fahrkarten-Schalter verkauft und knipst selbst für die wenigen Fahrgäste. Er prüft meine Rückfahrkarte. Ja, es ist noch nicht Mitternacht. Auf dem S-Bahnsteig stehen außer mir noch zwei Ausländer. Der Stationsvorsteher ist für zwei Bahnsteige zuständig. Die S-Bahn fährt leer ein, an einem Sonnabend in einer Großstadt. Plötzlich bekomme ich Angst und steige in das Dienstabteil. Der Triebwagenfahrer öffnet seine Kabine, bin ich denn eine Kollegin? Darf ich trotzdem bei Ihnen bleiben?

Er erlaubt es und läßt die Schiebetür offen. Wo wollen Sie denn hin, fragt er mich.

Friedrichstraße.

Gut, dann halte ich da. Er lacht vergnügt.

Wir halten zwar an den nächsten Stationen, aber keiner steigt ein oder aus.

Da erzählt er mir sein Leben:

Ich komme von drüben. Aus dem Osten. Ich war da auch Triebwagenfahrer. Mein Sohn hat einen Fluchtversuch gemacht und ist geschnappt worden. Aus dem Gefängnis ist er dann in den Westen abgeschoben worden. Und dann hat er auch für mich gesorgt. Über den Senat, wissen Sie. Naja, ich bin dann ganz legal rübergezogen und wollte mir hier neue Arbeit suchen. Aber die S-Bahn sagte, bleib doch bei uns, wir rechnen dir auch die Dienstjahre an. Nun mach ich die gleiche Arbeit wie drüben. Nur Geld krieg ich mehr. Aber dafür ist die Miete teurer, und vom Spätdienst trau ich mich im Dunkeln nicht allein nach Haus. Da muß mich mein Sohn abholen. In den Ferien fahr ich nach Mallorca. Das ist ein Vorteil.

Als wir nach dem Lehrter Bahnhof in Grenznähe kommen, sagt er, so, nun wird es ordentlich, ich muß die Tür schließen.

Ich sehe wieder aus dem Fenster, da sind noch viele wach an den Gleisen.

Am Bahnhof Friedrichstraße öffnet er wieder seine Schiebetür und fragt mich: Haben Sie hier jemand im Osten, daß Sie schon Mitternacht rüberfahren?

Nein, ich bin von da, sage ich, zum ersten Mal seit 17 Jahren war ich heute in Westberlin.

Da gibt er mir die Hand.

Bombentreffer, fragt mich meine Mutter, als ich erzähle, als mein Visum abgelaufen ist, davon weiß ich ja gar nichts. Und sie zeigt mir eine Bescheinigung, in der bestätigt wird, daß die Wohnung bei Kriegsende noch unbeschädigt war. Ich sehe auf die Hausnummer. Es ist das Haus daneben.

Nun ist es zu spät. So eine dumme Ausrede glaubt mir niemand.

Manchmal stehe ich jetzt ganz unten im U-Bahnhof Alex und horche auf die Geräusche der Züge. Das über mir wird der Zug nach Pankow sein, das der entgegengesetzte zum Thälmannplatz. Aber wo fährt der durchgehende von Kreuzberg zum Gesundbrunnen? Auf dem Fahrplan sehe ich es doch. Er kann nur unten fahren. Und ich denke an den Mann, der gesagt hat, hinter einer grünen Kachelwand habe er ein Zuggeräusch gehört, das da gar nicht hingehörte.

Dort bin ich gewesen vor langer Zeit, in dem verbotenen Zimmer.

# Die russische Seele

Das ist die russische Seele, sagte unsere Russischlehrerin, als sie uns Gedichte von Puschkin vortrug. Dabei hatte sie Tränen in der Stimme. Wir waren in der 5. Klasse und kannten unsere Russischlehrerin fast schon ein Jahr. Sie war eine Russin.

Am Anfang hatten wir über ihre singende Stimme gelacht und sie nachgemacht. Aber sie gab es nicht auf mit uns und ihrer Sprache und kam uns immer wieder mit diesen Gedichten, bis wir ihn auch hörten: diesen merkwürdigen fremden Klang.

Puschkin mit seinen schwarzen Locken, seinen zärtlichen, aufmerksamen Augen, dieser Gutgläubige. Geht zum Duell und läßt sich erschießen.

Das mit der russischen Seele ist in mir geblieben.

Ich war vor sechsundzwanzig Jahren in der 5. Klasse. Das muß ich dazu sagen.

Wir zogen um. Ich bekam eine neue Russischlehrerin. Eine junge deutsche Neulehrerin. Und da war es mit der russischen Seele erst einmal zu Ende.

Wir lernten bei ihr, daß »Sowjetski Sojus« eigentlich männlich ist, in der deutschen Übersetzung aber weiblich. Daß es in der Sowjetunion riesige Kräne und Traktoren gibt. Wir lernten, daß das Sowjetland riesig ist, daß man dort tagelang mit der Bahn fahren kann, um an sein Ziel zu gelangen. Die breitesten Flüsse, die größten Kraftwerke, die tiefsten Untergrundbahnstationen, die billigsten Taxis. Alles, was die Schüler jetzt noch bei uns lernen.

Was auch stimmt.

Die Russischlehrerin zeigte uns die Karte der Sowjetunion und dazu Fotos von den Bewohnern der einzelnen Sowjetrepubliken. Diese vielen Gesichter! Und vor allem, ganz verschiedene Gesichter. Nicht wie bei uns nur Blonde oder Schwarzhaarige, sondern ohne irgendeine Ähnlichkeit miteinander. Die einen sahen wie Chinesen aus, die anderen wie Türken, die nächsten wie wir. Und dann noch vierzehn andere Gesichter. Welches hatte die russische Seele?

Wir nahmen auch Lenin durch.

Lenin kurzgeschoren, immer mit den besten Zensuren. Lenin mit dem Schulheft, das er immer in der Mitte der Seite teilte, um die Korrekturen besser eintragen zu können. Lenin in der Illegalität. Auf der Tribüne mit erhobener Faust.

Lenin mit einem weiten Militärmantel. In der Revolution, nach der Revolution. Vorbildlich. Wir erfuhren von seiner Arbeit und seiner Macht.

Lehrstoff.

Gorki nahmen wir auch durch. Als Sturmvogel der Revolution. Sein Foto im Lesebuch zeigte ihn verwegen im Gegenwind, mit offenem Leinenhemd.

Sie kämpften beide für das Wohl des Volkes.

Die Russischlehrerin achtete darauf, daß wir die richtigen Fälle verwendeten. Trotzdem kann ich immer noch nicht richtig Russisch. Im vergangenen Jahr hätte ich es sehr gebrauchen können. Denn da war ich in der Sowjetunion.

Zuerst in Moskau. Zusammen mit einer Gruppe von Schriftstellern aus der DDR. Die meisten waren, wie ich, zum erstenmal dort.

Als uns die Dolmetscherin vom Flugplatz abgeholt und im Bus verstaut hatte, befahl sie: Nun schlafen Sie, Sie werden müde sein. Wir ließen aber die Augen offen, denn erstens war heller Tag, und zweitens waren wir neugierig.

Da begann sie doch von ihrer Stadt zu erzählen. Denn wir fuhren an der Keksfabrik »Bolschewik« vorbei. (»Mit Keksen erster Güte. Daneben sieben Stück Hochhäuser.«) Jedes vierte Buch der Welt wird in der Sowjetunion gedruckt. Sechzig Häuser der Stadt sind schon versetzt, vierzig folgen. Nach einer Sitzung des Obersten Sowjet kamen die Deputierten an einer ganz anderen Stelle des Platzes wieder heraus. Sie hatten gar nicht gemerkt, daß sie während der Sitzung über die Straße gerollt worden waren.

Die Dolmetscherin wurde uns sympathisch, sie sprach von Menschen.

Es ging weiter: Die Moskauer Luft ist fünfmal sauberer (ich habe vergessen: fünfmal sauberer als wo?), auf dem Turm der Lomonossow-Universität haben zwei Lokomotiven Platz. Und die Universität ist so groß und hat so viele Zimmer. Sie sagte: »Wenn du ein Kind in ein Zimmer setzt und es durch alle Zimmer gehen will, kommt es erst nach 60 Jahren wieder heraus.« (Jetzt habe ich die Hauptsache schon wieder vergessen, nämlich: wie lange es in einem Zimmer bleiben mußte, einen Tag oder eine Stunde.) Also jedenfalls mit über sechzig Jahren, als Rentner kommt es wieder heraus.

Moskau begann uns Spaß zu machen. Eine Lomonossow-Universität mit zwei Lokomotiven auf dem Dach und lauter Rentner mit Schulmappen am Ausgang war ein neuer Gesichtspunkt.

Auf dem Rückweg, kurz vor unserem Hotel, zeigte uns die Dolmetscherin ein Denkmal. Wir erkannten es ohne eine Erklärung. Es war Puschkin. Mit Tauben auf dem Kopf. Und frischen Blumen zu seinen Füßen.

Auf unserer Fahrt hatten wir viele Lenindenkmäler und Lenintransparente gesehen: Lenin, in Stein gehauen, mit einer Fahne verschmolzen, als Standfigur mit geballter Faust, als Sitzender über ein Buch gebeugt. Am Zeitungskiosk vor dem Hotel gab es Anstecknadeln mit Lenin und Postkarten mit Lenin, der Rand mit einer Trachtenborte verziert.

Für den nächsten Tag war der Besuch des Leninmausoleums eingeplant. Jeder Moskaubesucher geht dorthin, vor allem jeder Sowjetbürger, sagte die Dolmetscherin. Ohne Ausnahme.

Aber wir wollten es ja selbst. Rechneten mit einer halben Stunde, alles in allem. Sie sagte, daß man Schlange steht.

Treffpunkt war neun Uhr morgens am Eingang des Kreml-Palastes. Das ist etwa einen Kilometer vom Mausoleum entfernt. Wir hätten gleich Verdacht schöpfen sollen. Dort war nämlich das Ende der Schlange.

Wir stellten uns an. Und die Schlange war unvorstellbar lang. Einfach unvorstellbar. So lang ist sie jeden Tag. Tag für Tag. Schon Jahre.

So lang wie zweimal um ein Sportstadion herum. Und es ging sehr langsam vorwärts, nicht einmal im Schrittempo. Denn wir standen in der Kälte am Ende sehr gedrängt, weiter vorn aber mußten sie sich in Zweierreihen anstellen. Es war zehn Grad unter Null. Wir gingen langsam an den Mahnmalen der Heldenstädte vorbei, in jedem Mahnmal eine Kassette mit blutgetränkter Erde eines Schlachtfeldes im zweiten Weltkrieg.

Nach einer Stunde standen wir am Grab des Unbekannten Soldaten. Dort brennt eine ewige Flamme. Alle zwei, drei Minuten hält ein Taxi davor, geschmückt mit großen Puppen und Luftballons auf dem Kühler, das kommt direkt vom Standesamt mit einem Hochzeitspaar. Die beiden Eheleute legen einen Blumenstrauß auf das Grab, werden von ihren Freunden fotografiert und steigen wieder ins Taxi, denn das nächste wartet schon.

Vor uns Menschen aus allen Gegenden der Sowjetunion, mit ihren kleinen Kindern, alten bärtigen Männern unter Pelzmützen, wie wir sie aus den grusinischen Filmen kennen. Vor mir ein altes Mütterchen, in einem großen schwarzen Tuch. Aß ihr mitgebrachtes Brot. War ganz allein gekommen.

Sie alle warteten geduldig, Stunde um Stunde. In Zweierreihen. Darauf achteten die Milizionäre, die an unserer Schlange mit Lautsprechern entlanggingen.

Als wir nach einer weiteren Stunde den Roten Platz erreicht hatten, wurden wir gebeten, unsere Taschen und Fotoapparate bei den Milizionären zu lassen. Dann betrachteten sie uns genau. Ob wir auch alle unsere Mantelknöpfe und Reißverschlüsse an den Kutten geschlossen hatten. Wir sollten ordentlich angezogen zu Lenin gehen.

Und noch etwas. Bis zum Eingang des Mausoleums führt über den Roten Platz ein weißer Strich. An diesem Strich entlang mußten wir gehen. Und wir durften diesen Strich nicht betreten.

Am Eingang des Mausoleums steht ein Milizionär, der einem den Blumenstrauß abnimmt und auf einen Blumenberg legt. Ein anderer Milizionär legt die Finger auf die Lippen und ermahnt, jetzt zu schweigen.

Dann geht man die Treppe herunter und gelangt in einen wenig beleuchteten Raum mit einem Samtpodest. Auf diesem Samtpodest liegt Lenins Körper in einem Glassarg. Mit Scheinwerfern angestrahlt.

In einem schwarzen Anzug, die eine Hand hat er auf der Brust.

Ich hatte Lenin bisher immer überlebensgroß gesehen, mit einem riesengroßen, vergröberten Gesicht. Was für ein kleinen Körper er in Wirklichkeit hatte, dachte ich. Und was für ein kleines Gesicht. Ein richtiger Mensch. Und schon einundfünfzig Jahre tot.

Das Mütterchen vor mir bekreuzigte sich.

Als wir unsere Taschen bei den Milizionären abholten, versuchten wir alle, unseren merkwürdigen Ernst loszuwerden.

Habt ihr mal Lenins Liebesbriefe gelesen? fragte einer.

Drei Tage später. Im Leningrader Literaturmuseum besuchten wir –

ohne Dolmetscherin – eine Sonderausstellung, Lenin und die Künstler. Dort sah ich eine Fotografie.

Lenin, wie ich ihn noch nie gesehen hatte.

Sie zeigte ihn mit Gorki zusammen. Gorki, alt und gebrechlich, schon sehr krank, Lenin ganz anders als sonst. In einem Schaukelstuhl, ganz gemütlich, stößt sich mit dem Fuß etwas ab. Lächelt seitlich in die Kamera. Obwohl wir nicht einmal die Briefe darunter vollständig übersetzen konnten, verstanden wir ihn. Und waren erleichtert.

Später bin ich noch einmal zurückgegangen – es stimmte immer noch.

Zu Hause suchte ich im Bücherregal ein kleines Buch, ich besaß es schon jahrelang, hatte es aber noch nicht gelesen: LENIN, telegramme 1918–1920. Darin fand ich eine Erklärung für die Fotografie im Museum:

5. VII. 1919

Lieber Alexei Maximowitsch!
Es scheint mir wirklich, als säßen Sie schon zu lange in Petrograd. Immer nur an einem Ort, das ist nicht gut. Man wird müde und aller Dinge überdrüssig. Wie ist's, wollen Sie nicht ein bißchen verreisen? Wir werden das einrichten.  Ihr Lenin

Und drei Tage später ein Telegramm nach Nishni-Nowgorod, Flußhafen:

8. VII. 1919

Telegrafieren Sie, wo sich der Dampfer des Gesamtrussischen ZEK *Krasnaja Swesda* befindet. Fragen Sie dort an, ob er nicht in Kasan auf Gorki warten und man Gorki eine Kajüte zur Verfügung stellen kann. Ich bitte sehr darum.

Der Vorsitzende des Rates der Volkskommissare
Lenin

Noch am gleichen Tag ein zweites Telegramm an Kamenew:

8. VII. 1919

Am 12. oder 13. kommt Gorki.
Können Sie veranlassen, daß ihm *Brennholz* geliefert wird? Maschkow-Gasse 1, Wohnung Nr. 16

Lenin hat im Juli an Brennholz für Gorki gedacht.

Und im Mai 1920 bedankt er sich in einem Telegramm bei dem dreißigsten Regiment der Roten Kommunarden der Turkestanischen Front für die Sendung Makkaroni und Mehl an die Moskauer Kinder.

Wenigstens ein bißen von alldem hätte ich in der Schule schon wissen können:

Daß auch Lenin eine russische Seele hatte, daß ihm Schaukelstuhl schaukeln Spaß machte, daß er die Frauen liebte, sich um Brennholz und Makkaroni kümmerte und daß er klein war.

Aber zu spät ist es auch heute noch nicht.

# Blickwinkel

> Liebe ist das einzige, was wächst,
> wenn wir es verschwenden.
>
> (Ricarda Huch)

1

Ich war vierzehn und sie vierundvierzig.

Sie tanzte eine Sechzehnjährige: Julia.

Julia, getanzt von der Ulanowa bei einem Gastspiel des Bolschoiballetts in Berlin. Friedrichstadtpalast.

Galina Ulanowa, damals weltberühmt.

Sie war für mich Julia, keine Tänzerin, die die Julia tanzt. Leicht, ja vor allem leicht, schutzlos, zerbrechlich, klar, sanft, gläubig, hoffnungsvoll, arglos.

Und natürlich eine Liebende. Mein Lebtag hab ich mich nicht von diesem Ernst lösen können. Liebe muß ernst sein, auch traurig, hat Widerstände.

Jedenfalls, solche Liebe kann nicht gut ausgehen.

Mein Leben lang die Witze über Romeo und Julia als Ehepaar: Die haben sich das Leben genommen, damit sie den Ehealltag nicht erleben müssen, kluge Bürschchen, sagen die Leute.

Erna Berger als Gilda gab mir den Rest.

Nun war ich immun gegen heitere Liebe mit gutem Ausgang.

Die wirklich Liebenden wurden immer getrennt und vom Publikum ernst genommen. Die beiden anderen waren immer das Buffopaar.

Papageno und Papagena sehen sich genauso selten wie Tamino und Pamina, aber kein Mensch hat mit ihnen Mitleid. Und vor allem – sie selbst nehmen es auch leicht.

Das kann doch keine Liebe sein, denkt man mißtrauisch, wenn sich keine Hindernisse, keine fremden Ehefrauen oder Staatsgrenzen auftürmen, und nimmt Abstand.

Nimmt Abstand von den verliebten Mitschülern, den Junggesellen und den eigenen Landsleuten. Hält Ausschau nach dem unerreichbaren Romeo. Aus Angst, ein Buffopaar zu sein.

Man könnte natürlich diese Einstellung aufgeben, diese Angst vor dem Normalen. Diese Angst, im Anonymen unterzutauchen. Vielleicht wäre es wie das Bad in dem warmen Quellbad in Ungarn, mit vielen Menschen unter freiem Himmel, die Dämpfe über dem Wasser im Dunkeln, am Beckenrand das Fernsehgerät für alle, die sich nicht unterhalten wollen. Dort stehen sie dicht gedrängt und lachen. Sie stehen bis zu den Schultern im Wasser. Hin und wieder schwimmt einer auf dem Rücken davon, um noch länger das Fernsehbild zu verfolgen, das für ihn schließlich in den Dämpfen verschwimmt.

Ich gebe ja zu, daß ich damals ein Gemeinschaftsgefühl hatte, vielleicht zum erstenmal in meinem Leben, mit sechsunddreißig. Wie ein Hundertling im Mutterleib.

Und die Bewegung des warmen Wassers um meinen Körper kam von anderen Menschen, die ich nicht kannte und nicht deutlich sah. Im selben Wasser. Ich fühlte mich ihnen wohlig nah und ähnlich. Ohne Angst.

Wir alle in derselben Luft. Aber das vergesse ich immer, wenn es hell und kühl ist. Dann sind die anderen Menschen weit weg. Fremde an meinem Tisch.


2

Ich bin siebenunddreißig und sie siebenundsechzig.

Ich sitze mit ihr, der Ulanowa, Galina Sergejewna, auf einem roten Plüschsofa, sie in der äußersten Ecke, im Empfangsraum des Bolschoitheaters in Moskau, und sehe in ihr abweisendes und aufmerksames Gesicht.

Der Raum ist ein Durchgangszimmer neben der Bühne mit drei Türen, mit rotem Damast tapeziert, vergoldeten Leisten, Spiegeln und Goldrahmen.

Sie trägt Brillantohrringe, Brillantringe, eine goldene Maske an einer Kette um den Hals, schwarze Lackschuhe mit einer Goldschnalle.

Ein dreiviertel Jahr habe ich mich auf dieses Gespräch vorbereitet, Russisch wiederholt, »Das Mädchen Galja« über ihre Kindheit gelesen und die »Welt des Tanzes in Selbstzeugnissen« mit einem Beitrag von ihr über junge Künstler und das Experiment, Ballett gesehen.

Denn ihr Name stand vor einem dreiviertel Jahr auf einer Liste von zehn Moskauern, die von zehn Berliner Schriftstellern porträtiert werden durften.

Drei Frauen waren darunter: eine ältere Lehrerin, eine junge Facharbeiterin, beide Delegierte des XXV. Parteitages. Sicher herzliche, tüchtige Frauen. Und energisch oder gutmütig. Warum wären sie sonst Deputierte geworden.

Aber sie stand eben auch auf der Liste.

Wie hatte sie ihren Weltruhm verkraftet, wie lebte sie jetzt im Vergleich zu anderen Frauen, erinnerten sich die Menschen in ihrem Land noch an sie, ein Sinnbild? Fast körperlos. Meine Verwunderung, daß sie überhaupt zugestimmt hatte.

Aber ihr Name auf der Liste beruhigte mich, und ich machte mich auf den langen Weg zu ihr.

Wie es sich für Moskau gehört, war es auch an meinem Ankunftstag, einem Montag im November, schon zwei Stunden später als bei uns. Für ein erstes Gespräch mit ihr schon zu spät. Das sah ich ein.

Morgen nachmittag werden Sie im Haus der Literaten empfangen. Dort wird alles Nähere besprochen. Denn es kommt auch der Verantwortliche für den Kontakt, sagte meine Betreuerin.

3

Seltsam dann in den nächsten Tagen, wie sie mir entschwand, wie es ganz unglaublich wurde für mich, daß ich wirklich mit ihr sprechen sollte.

Das Lächeln meiner Betreuerin nach meiner Frage am Ankunftstag. Einer ganz einfachen Frage, nämlich, ob wir die Ulanowa zu Hause oder im Bolschoiballett anrufen wollten, um uns anzumelden.

Eine solche Frau ruft man nicht an, sie ist »Held der sozialistischen Arbeit«. Außerdem haben wir ihre Telefonnummer nicht. Wie ich in den nächsten zwei Wochen lernte, ist es in Moskau wichtig, möglichst viele Menschen und deren Telefonnummern zu kennen. Weil man sie anrufen kann (in den öffentlichen Telefonzellen für zwei Kopeken gleich sieben Pfennig, im Hotel sogar kostenlos) und nach den Telefonnummern von Menschen fragen, die eventuell die Telefonnummer von einem bestimmten Menschen haben könnten, den man sprechen will.

Aber Ulanowa war auf diese Weise nicht zu erreichen.

Kak kontaktirowatj? Wie nun den Kontakt herstellen? Diese Worte fielen in den nächsten Tagen häufig, wenn ich im Moskauer Schriftstellerverband anfragte, wann ich denn nun das erste Gespräch bei der Ulanowa hätte, als ich den ersten, zweiten, dritten, vierten Tag fragte.

Bis es soweit ist und Sie mit ihr sprechen, sagte der Verantwortliche für den Kontakt, sehen Sie sich unsere Museen an. Ich möchte einmal soviel Zeit wie Sie jetzt dazu haben. Fahren Sie in unsere schöne Umgebung. Jetzt liegt überall Schnee, auch in Sagorsk. Sie können ein Auto bestellen. Haben Sie für morgen ein Programm? Sehen Sie, Sie müssen doch für jeden Tag ein Programm haben, das ist die Aufgabe Ihrer Betreuerin. Ulanowa ist alt. Nehmen Sie doch eine jüngere Tänzerin. Oder die Plissezkaja. Versuchen Sie, abends ins Bolschoi zu kommen.

Sehen Sie, Sie sind noch am Anfang. Sie werden lernen, daß man den Porträtierten nicht unbedingt persönlich kennen muß. Es gibt hervorragende Beispiele. Wir haben einen sehr begabten jungen Schriftsteller, leider habe ich seinen Namen vergessen, der ein Porträt eines vielbeschäftigten Wissenschaftlers schreiben sollte und einfach nicht an ihn herankam. Da befragte er dessen Mitarbeiter. Und Sie können sich nicht vorstellen, wie interessant das Porträt wurde. Jeder hatte ein anderes Bild von dem Mann. Sprechen Sie mit den Mitarbeitern der Ulanowa. Den ganzen Umkreis müssen Sie beschreiben.

Und vor allem, sehen Sie den Frauen in den Straßen ins Gesicht. Und Sie werden erkennen: Wir alle sind ein Stück Ulanowa.

Und nach einer Pause: Rufen Sie mich morgen um elf Uhr an, vielleicht habe ich bis dahin schon etwas erreicht. Sie müssen auch mit diesem Genossen hier mal reden. Bei manchen ist er unbeliebt, aber bei manchen beliebt, weil er ihnen Wohnungen besorgt hat. Vielleicht kennt er einen direkten Weg.

Abgang mit Schweißperlen auf der Stirn und Handkuß.

4

Die alte Kritikerin, Haarschnitt wie bei George Grosz, sieht mich durch ihre dicke Brille an:

Als ich nach dem Krieg für einige Zeit arbeitslos war, wegen Kosmopolitismus, verstehen Sie, und ich ganz ziellos durch die Straßen ging, habe ich eine Eintrittskarte fürs Bolschoi bekommen. Da tanzte die Ulanowa die Giselle. Das hat mir so viel Mut gemacht. Ich habe es durchgehalten dadurch. Sie konnte dieses Glücklichsein so ausdrücken. Oder die Julia. Da gibt es gleich am Anfang ein paar ganz rührende kleine Sprünge. An einem Abend ist sie zu einer erwachsenen Frau geworden.

Eine Frau meines Jahrgangs, eine Leningraderin: Meine Generation hat doch in ihrer Kindheit und Jugend nichts Zartes gehabt. Und sie war für uns der Inbegriff der Sanftheit. Einmal hab ich am Bühneneingang gestanden, nur um sie zu sehen. Da standen Hunderte, und man zerriß mir meine Nylonstrümpfe, meine ersten, meine einzigen.

Kennen Sie das System, nach dem man Karten fürs Bolschoi erhielt? Man stellte sich an einem bestimmten Tag an der Kasse an. Dort trug man sich in eine Liste ein und erhielt eine Nummer. Dann mußte man an einem anderen Tag zu einer bestimmten Zeit wiederkommen. Die Zahlen wurden aufgerufen, und man mußte sich mit seinem Namen melden. Dann bekam man eine neue Nummer und mußte sich wieder an einem anderen Termin melden. So wurden es immer weniger Bewerber. Der Rest bekam die Karten.

Die Zimmerfrau im Hotel fragt nach den Fotos auf meinem Schreibtisch: Vater, Sohn?

Ich frage sie nach ihren Kindern.

Nein, ganz allein ist sie geblieben, als ihr Mann starb, ein ganz junger Soldat im Krieg.

Warum ich vormittags im Hotel sitze, wenn ich schon nach Moskau gekommen bin.

Als sie den Grund hört, sieht sie mich näher an, merkt, daß ich Fieber habe, bringt mir Soda zum Gurgeln, hängt Decken vor das Fenster, legt zusätzliche Decken aufs Bett.

Sie muß doch schon so alt sein wie ich, sagt sie verwundert.

Mein Gott, wenn sie neunzehnhundertzehn geboren ist, sind wir fast gleichaltrig. Da ist sie ja eine alte Frau, und ich bin ein alter Mann, sagt ein Mann fragend zu mir.

Sie ist sehr klug und sehr gebildet. Sie fiel mir durch ihre Fragen in einem Literaturseminar auf. – Aber diese furchtbare körperliche Anstrengung und der Geruch des Körperschweißes. Ich habe einmal eine Tänzerin hinter der Bühne besuchen dürfen. Seitdem verstehe ich, warum sich in diesem Beruf so viele vom anderen Geschlecht zurückziehen.

Wieso soll ich kein typisches Moskauer Gesicht haben?
Ich habe das typische Gesicht eines Moskauer Juden mit tatarischem Einschlag, sagt ein Mann meines Alters zu mir, Nachbar am Tisch des Schriftstellerklubs, meinem Wartesaal. In diesem Haus ist alles Tradition, hier wohnte Natascha. Natürlich die aus »Krieg und Frieden«. Die früheren Besitzer haben ihre Gesichter in die Säulen einschnitzen lassen, nun haben die Säulen Ohren. Ein Zar ist die Treppen heruntergefallen, betrunken. Sekt und Kaviar für Sie, essen Sie, ich will nichts, eben habe ich mich an Austern überfressen, mein Freund kam gerade aus Frankreich damit.
Ein Satiriker, das mußt du richtig verstehen, sagt leise meine andere Nachbarin zu mir.
Wie können Sie sich als denkender Mensch mit dieser Tänzerin beschäftigen? Klassisches Ballett! Das ist völlig unzeitgemäß. Diese Frau ist doch ganz eingeschränkt, nur Tanzen, Tanzen, schon vom dritten Lebensjahr an. Unterricht bei den Eltern. Die kann doch gar nichts anderes mehr denken. Und dann ist sie sexuell nicht normal. Es heißt, die Lesbierinnen von Paris haben gesammelt und ihr dann einen Citroën geschenkt. Und als einer ihrer Ehemänner starb, kamen zur Beerdigung gleich zwei Grabmäler für ihn an. Da mußte die andere Frau ihr Grabmal wieder abfahren lassen und es in irgendeinem Hof aufstellen. Das ist die Wirklichkeit, lassen Sie sich bloß nicht einwickeln.
Noch nicht lange geschieden und sehr unglücklich ist er, glaub mir, sagt meine Nachbarin wieder leise zu mir.
Das mußt du verstehen.


5
Blickwinkel neunzehnhunderteinundfünfzig. Ich habe das Kinderbuch »Das Mädchen Galja« vor mir, ein Exemplar zwischen dem sechsundvierzigsten und fünfundfünfzigsten Tausend, Lizenznummer der SMA, der Sowjetischen Militäradministration. Es endet mit folgendem Absatz: »Der Bruder schwieg eine Weile, dann sagte er fest und überzeugt: ›Und weißt du, Schwesterchen, nur eine große Zeit konnte eine solche Kunst und eine Tänzerin wie deine Galja

hervorbringen. Aber sie ist gar nicht deine Galja, sie gehört jetzt dem ganzen Land und allen, die sie einmal in ihrem Tanz gesehen haben und sehen werden. Die Ulanowa gehört uns.«

Die Armenierin im Literaturklub will helfen. Sie hat besondere Kanäle ins Bolschoi. Ich soll ihr alles überlassen, sagt sie mit ihrer rauhen Stimme. Ihre Eltern waren Analphabeten, aber sie und ihre Geschwister absolvierten die Hochschule. Sie übersetzt aus mehreren Sprachen ins Russische. Außerdem ist sie Leiterin einer Abteilung mit viel Außendienst. Bei Böll und Edward Albee würde sie den Haushalt führen, so sehr verehrt sie die beiden. Bei dem Vater ihrer Tochter, dem größten Dichter Georgiens, würde sie es auch machen, aber er ist mit seiner Frau bei einem Autounfall ums Leben gekommen.

Sie kann in der Seele lesen, durch Streicheln in der Luft zieht sie Spannungen aus dem Körper. Und sie kennt die Stelle zwischen Daumen und Zeigefinger, auf die man über Nacht Knoblauch, ein Blatt, Kalendariasalbe und Zellstoff legen muß, damit in acht Stunden die Angina weg ist. Sie nennt es Wechselwirkung. Ein chinesisches Rezept.

Sie möchte mir helfen, ob ich will oder nicht, holt aus der Küche des Klubs alle Zutaten und breitet sie auf dem Tisch aus. Wird richtig böse, daß ich mich wehre.

Ich sei stupid und ein Dummkopf. Sie sagt nicht auf Wiedersehen, wenn sie geht, meint sie. Seitdem ich mich innerlich jeden Tag mit der Ulanowa beschäftige, wäre ich ganz verändert, schon genauso wie die. Das ist eine Tänzerin des Geistes – duscha, duscha –, verstehst du, und nicht eine des Körpers, des Unterleibs wie die Plissezkaja.

Sie selbst allerdings sei wie Plissezkaja. Die würde sich helfen lassen von einem solchen Rezept, seit Jahrhunderten erprobt. Und nicht von irgendeiner Überzeugung ausgehen. Was weißt du denn vom Menschen? Deine Stärke ist deine Schwäche. Das merk dir.

Und sie steht auf mit blitzenden schwarzen Augen, das krause dunkelbraune Haar um das runde Gesicht, die Wangen gerötet, der Körper aufgequollen.

Stjupid, sagt sie, jetzt englisch. Ulanowa ist immer eine Fremde geblieben, aus Leningrad, so kühl, weißt du. Und ich werde dir sagen, was die Leute über sie sagen.

Sie meint Ulanowa als Frau in der Liebe.

Manche stellen sie auf den Sockel, andere schlagen ihn kaputt.

6

Am Mittwoch findet eine Sitzung statt, auf der mein Verantwortlicher für den Kontakt einen Mann sehen wird, der den Parteisekretär vom Bolschoitheater kennt. Mit ihm wird er telefonieren, und dann können wir ihn morgen um elf anrufen, damit er uns die Telefonnummer gibt.

Wir rufen morgen um elf an, aber zu dieser Zeit meldet sich noch niemand im Bolschoitheater, sagt mein Verantwortlicher. Wir sollen in einer Stunde noch einmal anrufen.

Nach einer Stunde sagt er: Warum rufen Sie denn nicht an? In einer halben Stunde haben Sie den ersten Termin bei Ulanowa. Außenseiteneingang, Tür sechzehn. Dort wartet der Chefdramaturg. Um halb eins also in diesem roten Salon ein Gespräch mit dem Chefdramaturgen, der sich erkundigt, was ich eigentlich hier will.

Um eins kommt Ulanowa, setzt sich in die Sofaecke und läßt sich vom Chefdramaturgen über mein Anliegen informieren.

Also nicht einen fertigen Artikel über sie, den sie genehmigen soll? Wsjo snatschalo? höre ich sie resigniert und leise ihren Kollegen fragen. Alles noch einmal von Anfang an? Die Dolmetscherin übersetzt die Frage nicht. Doch ich muß auf diese Angst eingehen.

Zwanzig Minuten Zeit, sagt sie und sieht auf die Uhr.


7

Gestern nach der Vorstellung hat sie vom Parteisekretär gehört, daß jemand aus der DDR sie sprechen möchte. Sie weiß nicht, wie ihr Name auf diese Liste kommt.

Sie ist nicht gefragt worden.

Aber nun ist sie ja gekommen. Hatte bis eben Probe, der erste freie Termin für sie.


8

Wie oft konnte ich schon Scheherezade verstehen.

Einer Gefahr durch Sprechen entgehen.

Wenn sie das Interesse an unserem Gespräch verliert?

Und ich sehe in dieses zugeschlossene Gesicht mit den hellen Augen.

Unter diesen Umständen könnte ich verstehen, daß Sie aufstehen und gehen. Ich hörte eben, daß Sie befürchten, alles noch einmal von vorn erzählen zu müssen. Aber das kann man ja alles nachlesen.

Danach schweige ich.

Und was möchten Sie wissen?

Ihre erste Frage.

Ich bin keine Journalistin, ich habe mir keine Fragen zurechtgelegt. Ich kenne Sie, seit ich vierzehn bin. Sie sind irgendwie ein Symbol für mich, auch für andere, wie ich inzwischen weiß. Wie Sie das ausgehalten haben. Das möchte ich wissen. Dann bewegen mich noch viele andere Fragen, die mich aber auch an anderen Menschen interessieren. Bei Ihnen kommt so viel zusammen, finde ich. Disziplin, Konkurrenz, Berufswechsel, das Problem, Gefühle auszudrücken. Der Preis, den Sie für Ihr Leben gezahlt haben. Das sind so viele persönliche Fragen. Darüber kann man eigentlich nur freiwillig sprechen.

Sie dreht sich mit geradem Rücken in der Taille um ein Winziges zu mir und lächelt. Lächelt schüchtern.


9

Jetzt helfe ich jungen Tänzerinnen, die Idee zu interpretieren. Aus meinen eigenen Mängeln habe ich gelernt. Und dann habe ich eine große Erfahrung, denn ich bin in schwerer Zeit groß geworden.

Früher hatte ich solche Angst vor den Menschen, daß ich mich richtig verkrampfte. Ich konnte ihnen nicht in die Augen sehen. Alle hielten es für Apathie.

Diese Grenze muß man überschreiten und sich dann selbst vergessen.

Auf der Bühne war ich nur ruhig, wenn ich mir vorstellte, der Zuschauerraum sei nicht da und statt dessen eine vierte Wand. Wenn ich doch zufällig ein Gesicht sah, bekam ich furchtbare Angst. Ich genierte mich so, meine Gefühle zu zeigen.

Jeder Mensch hat etwas sehr Wertvolles in sich, das er nicht verstreuen darf. Er muß es in einer Tüte bei sich tragen, damit es ihm nicht verlorengeht. Man muß alles bei sich behalten, damit man es zu bestimmten Zeiten anderen geben kann.

Es gibt reiche Seelen, die mit beiden Händen alles hergeben und dann leer sind.

## 10

Sie mußte haushalten mit ihren Kräften, als Kind zart und oft krank.

Aber daß sie auch ihre Gefühle so unter Kontrolle hatte.

Sie sind sicher sehr geliebt worden, sage ich.

Da, byli ljudi – ja, es gab Menschen. (Die Dolmetscherin übersetzt gewohnheitsmäßig ljudi mit Männer.) Aber ich habe auf der Bühne so viel geliebt und bin so oft gestorben. Da war für das Leben nichts mehr übrig. Glücklich war ich niemals. Immer wenn wir mit den Proben fertig waren und die Premiere bevorstand, kam eine Leere.

Später, ein- oder zweimal, als Giselle oder als Julia, war ich frei, richtig frei. Weil ich die Technik vergaß.

Die Technik ist in dir, aber manchmal vergißt du das. Vielleicht hatte ich auch gerade einen Menschen kennengelernt und war darum froh.

Ich habe alles aus dem Leben genommen.

Den Preis, den ich für mein Leben bezahlt habe?

Ich habe keine Kinder, das ist der Preis.

Verheiratet war ich, ja. Aber er ist schon zehn Jahre tot, ein sehr guter Schauspieler und Regisseur. (Die Dolmetscherin sagt: Ein berühmter . . .) Er war viel älter als ich, wie alle Männer, für die ich mich interessierte. Darum sind sie auch schon alle gestorben.

Sie lächelt wieder. Ich wollte mich nie langweilen.

Wie eine ganz schwere Bürde habe ich manchmal die Erwartung der Menschen auf mir gespürt. Leider wirkt die darstellende Kunst so stark, daß die Menschen ganz enttäuscht waren, wenn sie mich persönlich kennenlernten.

Sie hat ja eine Küche, sie kocht. Sie spricht wie wir auch.

Und wenn ich abends nach der Vorstellung zu Hause war, saß ich zwischen den vielen Blumen und war ganz allein.

Pflichtgefühl?

Ich glaube, daß Pflichtgefühl in meinem Leben die Hauptrolle spielte. Ich habe meistens aus Pflichtgefühl getanzt. Und aus Pflichtgefühl hab ich auch keine Kinder.

Gab es Fragen, deren Beantwortung Ihnen im Laufe Ihres Lebens immer schwerer wurde?

Darauf nur ein Satz: Die Standhaften werden auch belehrt.

Zwei Stunden sind vergangen. Und wir haben es nicht gemerkt.

Auf Wiedersehen bis morgen, sagt sie auf deutsch.

Ich darf von nun an zu ihren Proben kommen.

Ihre Anwesenheit wird nicht erforderlich sein, meint sie zu meiner Betreuerin.


11

Wie sich Ulanowa und die junge Tänzerin über den riesigen Spiegel miteinander verständigen! Der Ballettsaal: an drei Wänden die Übungsstange, die vierte Wand ein Spiegel. Vielleicht zwanzig Meter breit und fünf Meter hoch. Der Spiegel anstelle des Publikums. Das war also die vierte Wand.

Das Lächeln der Ballerina, immer wenn sie zu tanzen beginnt: eine angestrengte, konzentrierte Maske. Ihr Schweiß unter den Achselhöhlen, das Medaillon auf dem Rücken. Ihr Knie ist verbunden.

Sie soll beim Hüpfen nicht vornüberfallen, sagt Ulanowa. Sehr ruhig.

Die durchgetanzten Spitzenschuhe. Wie sie die Schuhe wechselt und der Klavierspieler und die Ulanowa ruhig warten. Eine kräftige Frau im braunen Strickkostüm verbessert den Klavierspieler, spielt sehr kräftig.

Wie die Ballerina sehr schnell und exakt tanzt. Sie soll keinen krummen Rücken machen. Wie die Ulanowa ihr das durch eine Rückenbewegung vormacht.

So oder so? fragt die Ballerina forschend, sie will es ihrer Lehrerin recht machen.

Die Konzentration der Tänzerin. Ihr Partner sieht zu, macht Vorschläge.

Wie Ulanowa zum Takt mit den Fingern knipst, die Ballerina wieder außer Atem ist, weil sie keine Pause machen darf. Wie sie auf Spitzen in Pirouetten quer durch den Saal tanzt und immer an der Tür ankommt, weil sie etwas zu große Schritte macht.

Wie sie sich zum drittenmal neue Schuhe anzieht.

Von draußen aus dem Aufenthaltsraum ist die verzerrte Lautsprecherübertragung des Chors von der Bühne zu hören.

Männerstimmen mit Orchester.

Wie die Ballerina leise und zart spricht. Und wie erdenschwer sie wird, wenn sie springt. Die Dielen beben. Die Ulanowa schiebt sie in der Luft an, geht hinter ihr her, damit sie mehr Schwung nimmt.

Die Lehrerin bleibt aufmerksam, geduldig, sagt immer wieder dasselbe. Aber es ist wohl sehr schwer zu befolgen.

Die Worte, die ich von der Ulanowa am meisten höre: Tschutj, tschutj – leichter, ein wenig, ein wenig leichter. Das sagt sie bittend.

Sie setzt sich neben mich und erzählt: Sie hat ein achtjähriges Kind. Und beim Hinausgehen leise: Ehrlich gesagt, die Probe heute hätten Sie sich sparen können. Uninteressant. Niemand kann über seine Grenzen hinaus. Sie ist Mittelmaß – seredina.

Es war die Tänzerin einer Hauptrolle, Preisträgerin eines Ballett-wettbewerbs. Zum Schluß hat sie ein Skelett aus Schweiß auf ihrem Trikot.


12

Eine andere Tänzerin bei der Ulanowa. Sie proben die Rolle der Giselle.

Giselle liebt einen jungen Bauernburschen, der aber in Wirklichkeit ein Graf ist und verlobt. Als ihr dieser Betrug hinterbracht wird, verzweifelt sie, wird wahnsinnig und stirbt.

Im zweiten Teil des Balletts geht der reuige Geliebte an ihr Grab, sie erscheint ihm und soll ihn auf Befehl der Herrin aller toten Bräute zu einem tödlichen Tanz verführen. Sie hat ihm aber verziehen und rettet ihn dadurch, daß sie so lange mit ihm zusammen ist, bis es wieder hell wird und der Befehl seine Wirksamkeit verliert. Sie geht zu den Toten zurück, er darf weiterleben.

Die Tänzerin mit schwarzem Trikot, den Frotteepullover unter der Brust geknotet, redet beim Tanzen, singt mit, schreit laut: Schneller! Zieht sich ihren Pullover aus, den Tüllrock an. Flirtet mit ihrem Partner, macht ihm beim Tanzen eine lange Nase, kaut bei einer Pirouette auf den Fingern wie er, der ihr konzentriert zusieht. Wenn sie schmachtend nach oben blickt, wie es die Rolle vorschreibt, kontrolliert sie gleichzeitig aufmerksam im Spiegel, wie das aus-sieht.

Auch die zärtlichen Blicke zu ihrem Partner beim Pas de deux beobachtet sie im Spiegel. Aus den Augenwinkeln, der Körper und der Kopf bleiben im Profil. Eine teuflische Teilung.

Die Rolle zum Vorführen der Technik. Einer vollkommenen Tech-nik. Sie hat sehr viele eigene Vorschläge, tanzt diese Vorschläge und redet nicht über sie.

Während ihr Partner ganz verzweifelt nach ihrer entschwundenen

Seele sucht, steht sie mit den Spitzen im Talkumkasten. Legt seitwärts ein Bein auf die Stange und ruht sich aus.

Du trägst sie nicht richtig, du mußt sie an den Apfelsinen tragen, sagt Ulanowa.

Die Tänzerin muß eine Passage noch einmal tanzen. Sie widerspricht: Es war nicht ungleichmäßig, ich weiß es genau.

Aber sie tanzt noch einmal, für mich ohne Unterschied zu vorher, und Ulanowa ist zufrieden.

Nun muß sich die aus dem Grab auferstandene Giselle an ihre frühere Heiterkeit und ihr Glück mit dem Geliebten erinnern. Und die Tänzerin tanzt das mit einer unaussprechbaren Grazie, alle im Raum sind still.

Sie hört auf und sieht Ulanowa fragend an.

Wir sehen es noch nicht genug, wie du dich erinnerst.

Noch einmal von vorn. In Gefühlsdingen widerspricht man einer Ulanowa nicht. Sie tanzt ohne Seitenblick in den Spiegel.

Verkörperte Musik, das gibt es.

Da sagt die alte Giselle zu der jungen: Ja, jetzt können wir es sehen.

Die beiden lächeln sich erleichtert an, die Junge dreht den Schnipsgummi um ihr Haar. Außer Atem. Schluß für heute. Ihre Schuhe brauchte sie kein einziges Mal zu wechseln. So wenig hatte sie die Bretter berührt.

Ulanowa setzt sich auf meine Bank und gibt dem Tänzer ein Zeichen.

Zu mir schicken sie manchmal solche, damit ich ihnen etwas die Männlichkeit nehme, sagt sie gottergeben.

Du bis zu laut, zu eintönig, du hast keine Nuancen. Sie ist immer um dich, aber nur du siehst sie. – Es ist schon leichter geworden, aber man kann es noch leichter machen, sagt sie hoffnungslos ermutigend zu ihm.

Am Abend vorher habe ich ihn als Partner der Plissezkaja in der Carmen-Suite gesehen. Auf so verschiedene Herren muß er hören.

Die Tänzerin war kein Mittelmaß, sage ich.

Das ist ja Ludmilla Semenjaka. Sie ist sehr begabt. Und eine hervorragende Technik. Kürzlich hat sie ein junges Mädchen aus der Gegenwart getanzt. Sie ist sehr wandlungsfähig, sagt die große alte Tänzerin zärtlich und anerkennend.

Also hat sie doch ein Kind.

## 13

Leibhaftig hab ich sie gesehen, ich habe wirklich mit ihr gesprochen.

Aber seit sie meine Julia tanzte, sind erst vierundzwanzig Jahre vergangen.

# Das Arbeitsessen

So geht es einem, wenn man sich schämt zu fragen.
(Anna Seghers, *Auf dem Wege zur amerikanischen Botschaft*)

Natürlich fühlte ich mich geschmeichelt. Der Hochgestellte mußte mich ja nicht einladen. Außer mir waren zwar noch andere eingeladen. Doch die Einladung war original maschinengeschrieben, nicht mit dieser eingefügten Anrede.
Ich war gemeint.
Eigentlich paßte mir der Termin nicht. Aber ich war neugierig und gewillt, alles andere zu verschieben. Das flocht ich auch in meine Antwort ein: Dank, Zusage und Hinweis auf mein Opfer.
Um pünktlich um elf Uhr dort zu sein, rechnete ich rückwärts: fünf Minuten vorher beim Pförtner, neun Minuten Weg von der S-Bahn, fünf Minuten Fahrt, fünf Minuten Warten auf die S-Bahn, fünf Minuten Weg zur S-Bahn, vier Minuten Warten auf den Fahrstuhl, eine Viertelstunde Duschen, Abtrocknen, Anziehen und noch etwas anderes anziehen, Wimperntuschen, Handtasche umpacken, Papier zum Mitschreiben und zwei Kugelschreiber zurechtlegen. Aber davor erst einmal nach Hause gelangen von einem Ort außerhalb, mit der Vorortbahn, dorthin mit dem Bus, früh im Dunkeln der Weg zum Bus, das leise Anziehen, das Ausstellen des Weckers vorm Klingeln um sechs Uhr, um die Zimmernachbarin beim Lehrgang nicht zu stören.
Ich bin also pünktlich fünf vor elf ohne Frühstück beim Pförtner. Wir Eingeladenen, ich auch, auf seiner Liste. Fünf stehen schon in der großen warmen Pförtnerloge. Ich nicke den andern zu. Wir schweigen. Dann gebe ich doch allen die Hand. Die andere miteingeladene Frau fragt mich, ob es mir gut geht. Geht es dir gut, ja? Dabei wendet sie langsam den Kopf über uns alle.
Die Mitarbeiterin des Hochgestellten sieht in Abständen aus dem Fenster, aus dem man aber keinen Herannahenden sehen könnte, und dann auf die Wanduhr. Drei Minuten vor elf öffnet sie die Tür zum Treppenhaus und geht voran, vorbei an offenen Wänden und Preßlufthämmern, das Haus wird immer noch renoviert.

In der Etage des Hochgestellten Ruhe. Auf Schaumstoffteppichen werden wir zum Frauenruheraum geführt. Zu einem runden Kleiderständer für unsere Mäntel. Hier kommt nichts weg.

Dann werden wir in das Sekretariat gebeten. Eine der Sekretärinnen des Hochgestellten möchte einen Mitarbeiter loswerden, der unbedingt Vortritt wünscht.

Wen hat er denn drin?

Niemand. Aber die Genossen hier (damit meint sie auch mich, denke ich – ob außer mir nur Genossen) dürfen nicht warten.

Zur vorgesehenen Minute öffnet sich die Tür. Der Mitarbeiter steht günstig und kann mit dem Wort Information das Interesse des Hochgestellten wecken.

Aber vorher gibt uns der Hochgestellte die Hand. Wir sollen der Sekretärin sagen, ob wir Tee oder Kaffee möchten, genauer gesagt, wer Tee und wer Kaffee möchte.

Die Information betrifft ein Gesetz: ab wann und wie lange es galt. Der Mitarbeiter knickt dabei mit der Hüfte ab, der Hochgestellte steht aufrecht und hat einen Blick, als ob er das schon vorher wußte.

Wir sollen uns an den großen runden Tisch setzen, der das Arbeitszimmer des Hochgestellten beherrscht. Hier berät man, hier faßt man Entschlüsse von weitreichender Bedeutung.

Und heute sind wir geladen.

Ich setze mich neben einen vertrauenerweckenden Mann in hellem Kordsamthemd mit offenem Stehkragen. Links von mir nimmt einer ganz in Schwarz mit Nickelbrille Platz, läßt aber einen Stuhl zu mir frei. Ich rücke von meinem rechten Nachbarn etwas ab, um nicht aufdringlich zu erscheinen. Nie lasse ich zwischen mir und den andern einen Platz frei, denke ich.

Der Hochgestellte tritt an den Tisch und blickt auf meinen Stuhl: Das vorige Mal habe ich da gesessen und Sie hier. Es war vor zwei Jahren.

Nun müsse er sich umgewöhnen, sagt er scherzhaft. Er sieht in die Runde: Heute müßt ihr nicht hungern wie voriges Mal. Ich habe Schmalz und Vollkornbrot mitgebracht.

Die andere eingeladene Frau sagt, daß sie in drei Stunden weg muß, weil dann ihr Zug fährt.

Na, so lange werden wir doch hier nicht sitzen.

Nun schweigen wir.

Wer fehlt noch?

Einer ist schon gesehen worden. Eine hat ein krankes Kind. Und ein anderer ist bestimmt krank, sonst wäre er hier.

Da öffnet sich die Tür, und herein tritt einer, von dem eben noch nicht die Rede war. Er haut mit der Faust auf den Tisch, begrüßt den Hochgestellten mit ›Tag‹ und Nennung des Vornamens. Das hört sich dann so an: Tag, Dieter (zum Beispiel).

Wir schweigen noch ein wenig.

Dann öffnet sich wieder die Tür, und herein kommt in Begleitung der Mitarbeiterin der, der schon gesehen worden war, ein zarter Mensch. Er geht lächelnd auf den Hochgestellten zu, reicht ihm die Hand, klopft einem andern und mir im Vorbeigehen leicht auf die Schulter und setzt sich.

Jetzt kann der Hochgestellte mit seinen Bemerkungen beginnen. Sie sollen aber in keiner Hinsicht, in gar keiner wohlgemerkt, in irgendeiner Weise ein Referat sein, vielmehr Anstoß für die nachfolgende Diskussion, von der er sich konstruktive Kritik, Anregung und Information, kurz, viel verspricht. Zuerst aber will er darauf hinweisen, daß dieser eingeladene Kreis eine gute Auswahl unserer Berufskollegen darstellt. Denn seit dem vorigen, dem ersten Treffen, erhielten zwei der Anwesenden einen Preis. Und wenn der eine Fehlende da wäre, könnte man sogar von drei Preisträgern sprechen. Er nennt die Namen und die Preise.

Der mit der Faust fühlt sich durch seinen Preis nicht in dem ihm zustehenden Maße gewürdigt und bittet den Hochgestellten, doch auch einmal darüber nachzudenken.

Der macht sich eine Notiz. Dann gibt er eine zusammengefaßte Darstellung der Ergebnisse der Diskussion des ersten Treffens, des dazwischen liegenden Kongresses, der Tagungen, wichtigen Beratungen, welt- und landespolitischen Ereignisse. Der Rahmen soll sozusagen abgesteckt werden, denke ich da, in dem wir unsere Arbeit sehen sollen, in dem sie auch von anderen gesehen werden soll und auch gesehen wird. Seine ganz persönliche Meinung zu dem jetzt drohenden Krieg ist folgende, falls uns das interessiert.

Sein Vortrag ist handgeschrieben, der Strich etwas breiter als vom Kugelschreiber, also mit Füller. Das Blatt ist längs geknifft, nur die rechte Seite ist beschrieben. Links frei für Notizen. Das hat, glaube ich, Lenin erfunden. Oder unsere Russischlehrerin hat es über Lenin erfunden. Jedenfalls werde ich mich mal bei Gelegenheit nach dem Alter des Hochgestellten erkundigen. Vielleicht ist er auch erst vierzig, und wir hatten Russischlehrerinnen mit der gleichen Ausbildung.

Die Ausführungen sind beendet. Wir erhalten Tee oder Kaffee. Wir schweigen.

Die andere eingeladene Frau erkundigt sich, ob sie mal austreten darf. Der Hochgestellte überlegt, wo die betreffende Toilette ist, denn ihm fällt nur die für Männer ein. Sie bekommt von uns allen den Rat, sich bei der Sekretärin zu erkundigen.

Wir schweigen.

Ich sehe auf mein Mitgeschriebenes: Spontaneitätsapostel, haben wir uns von getrennt. Vielleicht sollte ich nicht immer so etwas mitschreiben.

Am liebsten würde ich mich melden und sagen, unser Rundfunk, finde ich, macht gute Literaturarbeit. Das ist nicht so aufwendig, dauert nicht so lange wie im Verlag, man bekommt eher eine Reaktion. Da gibt es nicht dieses jahrelange, zähflüssige Warten. Aber das sage ich lieber nicht, könnte man als Spott auffassen. Als ob man am besten gar keine Bücher mehr . . . Deshalb schweige ich weiter und halte, als ob ich meditiere, meine dünne Teeschale (guter Tee) in den Händen.

Die beiden Mitarbeiterinnen und ein Mitarbeiter (nicht der mit der Information) sitzen dem Hochgestellten gegenüber, unter einem Original-Ölgemälde. Auch sie haben sein erwartungsvolles Gesicht. Wo sind unsere Vorschläge, Anregungen? Alles kann gesagt und geprüft werden.

Mein jetziger linker Nachbar, er hatte sich auf den freigebliebenen Stuhl gesetzt, möchte beginnen. Und zwar mit der Frage der Privilegien.

Ja, da fallen mir auch meine Privilegien aufs Gewissen: Als Gesunde habe ich gesunde Verwandte in Bayern sprechen können, nur, weil ich ein Schriftsteller bin. Der Blick der Rentner aus der Schlange am Grenzübergang, als ich durch den Extraausgang ging.

Kommen wir Schriftsteller, sagt mein linker Nachbar, nicht zwangsläufig in eine Gegenposition zu den Medien? Da sie, die Privilegien, dort ja nicht behandelt werden?

Die Mitarbeiter des Hochgestellten merken auf. Man darf das natürlich nicht einseitig sehen, sagt da die eine der Mitarbeiterinnen mit einem mitleidigen und auch sorgenvollen Blick auf den Hochgestellten. Zum Beispiel sehen immer alle bloß, daß der Hochgestellte überall mit dem Auto hingefahren wird, gar nicht mehr selbst fährt. Aber was da bei ihm für Arbeit hintersteckt. Bis in die Nacht die Schreibarbeiten!

Na ja, wehrt der Hochgestellte ab. Nicht übertreiben. Nachts mache ich manchmal auch was anderes.

Wie sich herausstellt, meint mein linker Nachbar aber nicht unsere Privilegien, sondern die anderer, also er meint die Privilegien von Offizieren bezüglich der Klos und (da geht er aber wirklich ran) die anderer Hochgestellter bezüglich der eigenen Speiseräume: Jeder hat für sich einen Speiseraum, sagt er traurig, sitzt nicht mit den andern zusammen, jeder sitzt in seinem eigenen Speiseraum und ißt allein Mittag.

Nun geht der mit der Faust auf die Barrikade, denn er kennt einen Offizier. Und dieser Offizier wollte eigentlich Schauspieler werden, doch er ging zu den bewaffneten Organen, als man ihn dort brauchte. Und nun ist er schon dreißig Jahre dabei.

Ich sehe ihn ratlos an.

In diesem Zusammenhang, er hat das kürzlich einem sehr Hochgestellten versprochen, ruft er uns auf, uns mehr um die bewaffneten Organe zu kümmern. Er selbst will auch eine Serie, wenn nicht sogar einen Zyklus oder einen Roman darüber schreiben. Wie wichtig ist es doch für einen jungen Soldaten, in der Literatur sein manchmal natürlich auch nicht so einfaches Leben widergespiegelt zu sehen. Und wenn es mal, meint der mit der Faust, zu einer kleinen Meinungsverschiedenheit mit einem Vorgesetzten kommen sollte, hat der Soldat etwas in der Hand zum Diskutieren.

Da kommt wieder dieses fassungslose Grinsen auf mein Gesicht, das mir schon so viel Ärger eingebracht hat. Der Hochgestellte fragt mich hoffnungsvoll, ob ich eben eine emotionale Reaktion hatte.

Ich komme bloß nicht klar mit diesem Gläubigen bei ihm, sage ich (und weiß in dem Moment schon, daß ich das falsch und feige ausgedrückt habe, gläubig kommt mir das ja gar nicht vor). Ich hab mir bloß eben eine solche Diskussion vorgestellt, sage ich leise, wenn der andere ›Wegtreten‹ sagen darf.

Da erfahre ich von dem Faustbesitzer, daß ich überhaupt nichts begriffen habe.

Das kann doch alles nicht der Sinn dieses Zusammentreffens sein, denke ich. Sind wir nicht Stellvertreter für die Nichtgeladenen?

Der Hochgestellte sorgt dafür, daß wir uns nicht streiten, und gibt die zweiten Tassen Tee und Kaffee in Auftrag. Dazu gibt es Teller mit belegten Broten, Schüsseln mit Wienern, Gurken und eingelegten Champignons. Wir reichen die Teller und Schüsseln herum. Das verbindet uns.

Ich esse mit großem Hunger, dankbar und mit schlechtem Gewissen. Nun endlich müßte mein Diskussionsbeitrag kommen. Vielleicht über die Zuvielförderung? Hier ein Auftragshonorar, dort ein Stipendium. Belohnungen für Absichtserklärungen. Oder über unsere Hebammen, die Lektoren und Dramaturgen, die erwartungsvollen Verunsicherer? Wir ihre Rennpferde, ihre Leistungssportler, ihre Jahresendprämiengefährder? Und sie, unsere verschwiegenen, tröstenden Alleszurechtrücker, die so traurig verständnisvoll klugen Dasgehtnichtsager.

Wir müssen uns immer wieder fragen, was ist eigentlich der Gegenstand der Literatur, fragt da der freundliche zarte Mensch, der tagsüber in einem anderen Beruf arbeitet. Das ist doch gefährlich, wir machen uns Gedanken, was wir schreiben sollen und was nicht. Wir reisen, suchen Themen draußen und nicht in uns selbst. Werden wir nicht vordergründig, wenn wir das Journalistische in unsere Bücher nehmen, nur weil es in den Zeitungen zu kurz kommt?

Dazu würde ich nun gern etwas sagen: über den Zaun um mein Gehirn. Ich hab ihn mir selbst gebaut, um meine Gehirnoase. Abc mit der Tür ist etwas nicht in Ordnung. Zum Beispiel jetzt. Sie geht nämlich nicht auf nach außen. Ich kann nur denken, was erwartet er eigentlich von uns. Am liebsten würde ich fragen, was erwarten Sie eigentlich von uns, jetzt. Ich bin so daran gewöhnt, das Gerücht hat sich in mir festgesetzt, daß alles schon vorher festgelegt ist. Und nun, wo ich etwas wirklich Grundlegendes, etwas Wichtiges äußern könnte, denke ich über die Erwartungen des Hochgestellten nach. Wir, im jetzigen Moment, als Objekt der täglichen Erziehung an uns, ob wir nun erzogen werden wollen oder nicht. Und er wird ja auch erzogen. Was jeder von uns aus dieser heutigen Möglichkeit macht. Und ich denke mir Titel aus für eine Erzählung darüber:

Besuch beim, Einladung zum, Die Einladung, Die Tischrunde.

Da hebt mein zweiter linker Nachbar, ganz in Schwarz, mit seiner Rede an. Er möchte nämlich in ein bestimmtes Land, und da kommt er nicht hin. Immer gibt es eine andere Ausrede. Und als es endlich zu klappen schien und er sich seinen Reisepaß mit Visum abholen sollte, war es das Land daneben. An dieser Stelle nun, an berufener, möchte er das beklagen. Der Hochgestellte schreibt müde mit, die drei gegenübersitzenden Mitarbeiter auch. Alles unter Zeugen.

Dürfen, sagt da der Hochgestellte, das Wort ›dürfen‹ im Zusammenhang mit dem Wort ›reisen‹ möchte er nicht, und in diesem Kreis schon überhaupt nicht hören. Wir müssen sogar reisen, wenn es unserer Arbeit dient.

Aber nicht einfach so, sagt da der mit der Faust. Kürzlich sei er mit einem bildenden Künstler und einer singenden Gruppe mit Verstärkern, die so schwer waren, daß sogar einige Passagiere zurückbleiben mußten in Schönefeld, in ein westliches Land geschickt worden zu einem Fest in einem Park. Da hatte man aber gar keine Verwendung für ihn. Sieh dich doch bei uns um, sagten sie lediglich zu ihm. Für so etwas bedanke er sich in Zukunft.

Kann man mich hinschicken, sagt mein zweiter rechter Nachbar.

Reisen, sagt da die andere eingeladene Frau, bringt eine neue Sicht. Nachdem sie im Spätsommer aus einem westlichen Land zurückgekehrt war, kamen ihr ihre Probleme gleich nicht mehr so unüberwindlich vor. Da sie den konkreten Menschen aufschürfen will, versucht sie Menschen kennenzulernen, auch mit ihnen zu arbeiten. Ekstatisch berichtet sie von ihren Entdeckungen. Die anderen drehen an ihren Kugelschreibern und schieben sich den Mostrich für die Wiener zu.

Ich hab plötzlich Mitleid mit ihr. Sie ist ja ein Kind, denke ich, kommt von so weit her, von so hoch da droben, man wird sie vielleicht verspotten. Ich lächle ihr zu. Aber da merke ich, sie braucht meinen Schutz gar nicht. Ist ja ganz in sich.

Mein rechter Nachbar, in hellbraunen Cordtönen, möchte nun einen konkreten Beitrag leisten: Seine Einstellung zu unserem Staat, nämlich ihn zu tragen und gleichzeitig an ihm herumzumäkeln, sei ihm anläßlich von Lesungen und Diskussionen in Westberlin und der BRD mal so richtig deutlich geworden. Da hat er nämlich nur noch getragen, wenn ich ihn richtig verstehe.

Man sollte sich nicht so sehr auf das Netz verlassen, wenn man am Trapez turnt, sagt er bedeutungsvoll. Darüber sinne ich nach.

Ich sagte neulich in einem Gespräch, sagt da der Schriftsteller mit der Faust. Wer wen, sagt der zarte Mensch. Der Schwarze schweigt und denkt an sein Land. Die andere eingeladene Frau muß gehen, weil ihr Zug fährt. Mein linker Nachbar zeichnet ein umfangreiches Mosaikgemälde auf das leere Blatt vor sich.

Wir müssen uns überlegen, wofür wir unser Papier verwenden (vor mir fällt ein Waldstück unter Sägengekreisch), sagt der Hochgestellte in die Stille. Er nennt große Namen, die alle gedruckt sein wollen. Aber auch Unbekannte streben nach dem ersten Buch, und haben sie erst einmal ein Buch, denken sie dann nicht gar, sie sind Schriftsteller? Kann man die Verantwortung auf sich laden?

Soll man ein Buch drucken, nur weil der Autor es will? Wenn es auch keine Literatur ist? Nur weil es kritisch ist? Damit niemand sagen kann, bei uns kann keine Kritik?

Jedes geschriebene Wort, das in der Lage ist, das Erreichte zu unterminieren, ist Konterrevolution, sagt da der mit der Faust, und mit einem Male bin ich entschlossen: So geht es mit mir nicht weiter, im Stehen war die Angst am größten, geringer im Gehen, gar nichts im Rennen, das ist nicht von mir, das ist von der Anna.

Würdet ihr es lesen, fragt er uns. Ob man es drucken sollte? Er meint ein bestimmtes Buch, Namen will er nicht nennen.

Ja, das ist mein erstes vernünftiges Wort heute, ja, sage ich, ich will es lesen. Und dann reden wir alle durcheinander, Lächeln in den Gesichtern, nehmt doch schlechtes Papier, weiche Deckel, druckt nicht soviel, aber druckt es.

Würdest du denn auf unsere Meinung hören, fragt da der mit der Faust.

Natürlich, bekommt er zur Antwort.

Aber nun ist er wieder der Hochgestellte, setzt zum Schlußwort an: Heute zur gleichen Zeit und ungleich Bedeutendere und sitzen jetzt auch zusammen und sprechen über Dinge und sind auch Gegenstand unserer heutigen Beratung und ist morgen in der Tagespresse nachzulesen und das ist sein neuer Mitarbeiter und an den können wir uns in allen Fragen undsoweiter. Er danke uns.

Nacheinander verlassen wir den Raum. Eine Mitarbeiterin des Hochgestellten kommt zu mir und erkundigt sich nach meinem

Sohn. Wir kennen uns vom gemeinsamen Weg zum Kindergarten, sagt sie.

Ich grüble: vergangenes, vorvoriges Leben. Richtig. Ihre Tochter studiert.

Und mein Sohn ist jetzt bei der Armee, im ersten von drei Diensthalbjahren.

Der bleibt jetzt hier in diesem Zimmer, denke ich, und gebe dem Hochgestellten die Hand zum Abschied. Wird er nicht enttäuscht sein von uns? Wollte er Wünsche und Klagen? Aber sein Gesicht bleibt beherrscht.

Als ich auf der Straße allein nach Hause ging, natürlich regnete es, sah ich vor mir den zarten Menschen und den Cordsamtnachbar, den mit der Faust allein im Auto an uns vorbei. Ich ging ohne Ziel, eine unbekannte Straße, sah an der Wand farbige Fotos, darüber eine Fahne, das ist also die amerikanische Botschaft. Auf dem Wege zur amerikanischen Botschaft, müßte ich mal wieder lesen. Anna Seghers wird 80.

Und ich schämte mich sehr.

# Eine Schriftstellerlesung

Zu einer Schriftstellerlesung gehört: die Einladung, die Verantwortliche mit einem Ehemann, der Auto fahren kann, oder der Verantwortliche, der selbst fährt, der Kulturplan, der hiermit erfüllt wird, die Brigade, das Institut oder das Kulturhaus, die Hin- und Rückfahrkarte, die abgerechnet werden muß, die Unterbringung, mit der es in letzter Minute doch noch geklappt hat, der Raum und die Zeit, die Kekse und der Tee, die Zuhörer, die Diskutierenden, das Honorar und die Blumen, der Schriftsteller und das, was er liest.

Sie können lesen, was Sie wollen. Könnten Sie mir bitte vorher sagen, was Sie lesen wollen. Lesen Sie bitte höchstens zwanzig Minuten, es ermüdet sonst zu sehr. Die Mütter mit Kleinkindern müssen um sechzehn Uhr gehen, wundern Sie sich nicht, wenn die aufstehn. Vielleicht können wir dann anschließend noch zu einer Aussprache kommen. Das wird ja die meisten am meisten interessieren. Wir hatten schon Herrn Sowieso und Frau Sowieso hier, das ist dann noch sehr nett und lustig geworden, nicht? Ich möchte Sie auch bitten, das Erzieherische, das eine solche Lesung doch mit sich bringen sollte, nicht zu vergessen. Manche haben doch selten ein Buch in der Hand, und einen Schriftsteller haben sie noch nie gesehen. Da wäre es am besten, wenn Sie sich ganz normal geben, damit alle sehen, daß Sie ein ganz normaler Mensch sind und daß das Ganze ein ganz normaler Beruf ist. So wie jeder andere, nicht?

Die Einladung kann telefonisch ausgesprochen werden: Können Sie mal ganz schnell einspringen, eigentlich wollten wir Herrn Sowieso einladen und er hatte auch schon zugesagt, aber nun hat er was mit dem Dünndarm, und damit das morgen nicht platzt, wäre es sehr nett, wenn Sie . . . Wir hatten Sie auch schon bei uns auf dem Plan, nicht, daß Sie denken . . .

Die Einladung kann aber auch summarisch ausgesprochen werden: Zur Woche des Buches planen wir von der Bibliothek aus einige Lesungen in Betrieben, Schulen, Buchhandlungen. Wir wollten anfragen, ob Sie bereit wären, aus Ihren Werken . . .

Die Einladung kann mir aber auch die Illusion vermitteln, daß ich, nur ich gemeint bin. Dann kommt sie mit gedrucktem Briefkopf einer Institution. Der Direktorname ist mitgedruckt, weil er unsterblich ist. Ich weiß auch nicht, wie sie ausgerechnet auf mich verfallen sind. Im Brief wird angedeutet, daß es sich um einen Geheimtip handelt. Den Brief schreibt der Verantwortliche und fragt, ob er alles Nähere telefonisch oder vielleicht sogar persönlich besprechen darf. Ich lasse mir mit der Antwort einen Tag Zeit, um zu verbergen, wie geschmeichelt ich mich fühle. Dann sage ich Ja.

Institutionen, die etwas auf sich halten, sind in Bezug auf den aktuellen Autor auf dem Laufenden und auch in Bezug auf den unaktuellen. Wenn der aktuelle Autor gerade sein vorwärtsweisendes und historisch einzuordnendes Werk veröffentlicht hat, gehört es zum guten Ton, ihn einzuladen. Wir haben die Anordnung bekommen, Herrn X zu einer Lesung einzuladen, bitte haben Sie Verständnis, daß wir in einer Woche nicht zwei Lesungen machen können, wir wenden uns dann im Herbst noch einmal an Sie.

Die oder der Verantwortliche ist am Bahnhof oder am Betriebseingang leicht zu finden. Der Gesichtsausdruck verrät ihn, der suchende und besorgte Ausdruck: Wird alles gutgehen, hoffentlich bin ich nicht unpünktlich, anspruchsvoll, leicht gekränkt, langweilig oder unvorsichtig. Es fällt sonst alles auf den Verantwortlichen, wer hat eigentlich die Schnapsidee gehabt, mich einzuladen? Konntet ihr euch nicht vorher informieren?

Aber ich komme mit dem angegebenen Zug und bin auch leicht zu erkennen: das gewisse Unkonventionelle. Kein suchender Blick, irgend ein Foto werden die doch hier von mir schon gesehen haben. Der Verantwortliche fragt nach der Reise, nach Hunger und Durst. Ich erkundige mich, wieviel kommen werden. Der Verantwortliche kann nur hoffen. Aber da das schöne Wetter begonnen hat, müssen viele Türen und Fenster gestrichen, am Wochenanfang muß viel gewaschen, am Wochenende viel eingekauft werden. Die Frauen werden Haushaltstag haben und die Männer noch müde sein vom Betriebsausflug gestern. Aber er hat einige persönlich angesprochen, und die haben auch versprochen zu kommen. Wenn nur nicht noch ein Kind krank wird! Leider läuft die Schlankheitskur zur gleichen Zeit. Aber man kann ja auch in einen kleineren Raum gehen.

Um mich abzulenken, lädt mich der Verantwortliche in das renovierte Café am Markt ein. Auf dem Weg dorthin sehe ich in die

Geschäftsauslagen und entdecke Bücher, die es in Berlin nicht mehr gibt, oder runde Holzbretter oder Möbelträgerhemden. Damit halte ich den Verantwortlichen auf, der mir gerade die innere Struktur und die Probleme seiner Arbeitsstelle darlegt.

Pünktlich erreichen wir den Ort der Handlung. Beim Pförtner an der Wandzeitung hängt ein DIN-A-5-Zettel mit der Bekanntmachung der Lesung. Der Raum ist wirklich zu groß. Wir ziehen in die Bibliothek um. Jeder nimmt seine Teetasse und einen Teller mit Gebäck. Im Sekretariat stehen die Blumen im Eimer. Ich kann mir aussuchen, ob ich vor den Büchern oder lieber vor den eingebundenen Zeitschriften sitzen will. Auf jeden Fall sitzt der Verantwortliche neben mir. Soll ich Sie vorstellen oder? Am besten Sie machen es selbst und ich eröffne nur. Teilnahmsvolle dunkle Augen sehen mich an. Wie muß ich mich quälen. Wie muß ich an der Welt leiden. Was verstehe ich nicht alles von der menschlichen Seele! Ich sehe, daß auch schokoladenüberzogene Kekse dabei sind, und drehe den Teller.

Dann soll ich anfangen und sehe in die müden Gesichter, in die geduldigen, traurigen, freundlichen Augen. Man müßte sie vielleicht wirklich zum Lachen bringen, sicher wären sie dankbar, denke ich. Alle schweigen, und ich zögere. Ich weiß plötzlich nicht, ob die andern das interessieren wird, was ich da aufgeschrieben hab. Ob sie nicht schon längst alles wissen. Aber vielleicht freuen sie sich, wenn sie hören, was sie schon wissen, was sie nur noch nicht gesagt haben. Vielleicht wußten sie nicht, daß es noch einen Menschen gibt, der ähnlich denkt.

Und ich beginne meine Geschichte zu lesen. Hoffentlich merkt man meiner Stimme keine Rührung an, man muß doch Abstand zu dem Geschriebenen haben. Ich blicke auf und sehe in interessierte Augen. Da freue ich mich, daß ein anderer Mensch ähnlich denkt, daß ein anderer Mensch versteht, wovon ich schreibe, und daß ich in diesem Moment nicht mehr allein bin. Ich werde mutig und lese nun etwas, was ich noch nie vorgelesen habe. Etwas Neues, maschinengeschrieben mit Verbesserungen. Ich werde daran noch arbeiten müssen, sage ich vorher. Aber einige weichen meinem Blick aus, sehen mich oder die anderen von der Seite an. Plötzlich werde ich unsicher und denke: Ich stehe ganz allein da mit dieser Angst, dieser Bedrückung, dieser Bewunderung. Vielleicht sehe ich wirklich vieles einseitig, mit dem Vergrößerungsglas, fürchte umsonst das Gespräch über Bäume. Vielleicht weiß ich nicht mehr, was wirklich passiert. Vielleicht steh ich draußen und diese alle sind drinnen?

Die Diskussion wird vom Verantwortlichen eröffnet. Er hat sich eine grundsätzliche Frage überlegt: Wer sind eigentlich Ihre Adressaten? Ich weiß nicht, ob ich höflich sein soll. Oder lieber die Wahrheit sagen? Zur Zeit, sage ich, sitze ich ganz allein an der Schreibmaschine. Kein Leser im Nacken. Ich schreibe für meine eigene Bilanz und wundere mich, auch heute, daß man mir zuhört. Ich will den andern nichts erklären. Also sollen sie nicht älter oder jünger sein. Ich will, daß sie ihre eigenen Erfahrungen wiederfinden. Also sollen sie möglichst aus dem gleichen Land sein, der gleichen großen Stadt. Die gleiche Wellenlänge, ein Spiegel, ein Echo, etwas Verwandtes, Hoffnungsvolles, Unernstes.

Eine Frau sagt, daß sie alles anders sieht, obwohl die äußeren Umstände fast gleich sind. Aber sie sieht es nun noch klarer anders, nachdem sie dies gehört hat. Es stimmt schon, wenn man die Sätze einzeln liest. Aber zusammengenommen bekommt es so etwas Thesenartiges. Es gibt doch auch ganz andere Meinungen. Zum Beispiel ihre. Obwohl sie zugeben muß, daß auch genaue Beobachtungen . . . Dann muß man auch daran denken, daß das Ausland in seinen Vorurteilen uns gegenüber nicht Nahrung bekommt. Es ist schon so, aber so wollen wir nicht gesehen werden. Unter dem Gesichtspunkt, sagt ein anderer, hab ich alles noch nicht gesehen. Aber ich werde mal darüber nachdenken.

Die gleichen Worte, sagt eine lächelnd, als ob ich das alles schon gedacht habe. Aber ich habe es nicht gedacht. Wann werden Sie fertig sein? Die Fragen nach Anfang und Arbeitszeit und Einkommen und früherem Beruf und nächsten Arbeiten kommen sicher noch? Ja, sie kommen. Nach Blumenstrauß und Quittung tritt ein Mitglied eines Zirkels Schreibender heran oder jemand, der auch schon für sich und ob ich vielleicht meine Meinung und wenn die Meinung gut ist, alles meinem Verlag bitte geben würde. Ich soll mich aber um Gottes Willen nicht gedrängt fühlen, denn ich habe ja sicher noch anderes. Aber schön wäre es, wenn eine kurze Mitteilung über Meinung und Verlag käme. Gerade von meiner Meinung hinge alles ab, zumal ich in dieser Beziehung irgendwie in die Fußtapfen eines anderen Schriftstellers treten müsse, der jetzt nicht mehr zu erreichen sei.

Der Raum muß geräumt werden. Die Tassen werden abgewaschen. Ich nehme meine Umhängetasche und lege die roten Nelken so hinein, daß die Köpfe heraussehen können. Jede einzelne ist mit starrem grün umwickelten Draht verstärkt. Wenn ich mich überwinden könnte und daran riechen, der Duft ist ja immer ganz angenehm, denke ich. Und in dem Garten, weit weg, in dem Garten, den ich meine, blühen jetzt die tränenden Herzen und bald auch die Akelei.

# Vogelschreien

Ich bau mir ein Haus. Umgrenzung als erstes, gemauert und obenauf Ziegel. Maurisch.
Was für ein Tor? Die Haustür wird das Tor, aus geschnitztem Holz. Ich bemale sie dunkelgrün und ein wenig rot.
Über die Mauer kann nur in den Garten sehen, wer sich auf die Zehenspitzen stellt. Dann sieht man vorn den Brunnen mit der Pumpe.
Wo hole ich im Winter das Wasser? Am Brunnen, es friert nicht. Denn es darf im Winter nicht kalt werden. Vor der Pumpe steht ein Tisch aus Zement mit einer Vertiefung für die Waschschüssel. Neben der Pumpe ein Rosenstock.
Aber, wenn er verblüht? Ich hoffe, daß er lange blüht. Ich hoffe, daß ich bald alle Blumen kenne, die große Blüten haben und lange blühen, immer aufs neue. Bis im nächsten Jahr wieder die Rosen blühen.
Wer sich noch einmal auf die Zehenspitzen stellt, bevor er erlahmt, sieht auf einem Stapel Holzscheite eine Katze in der Sonne liegen.
Aber wozu die Holzscheite, wenn es nicht kalt wird? Nur zur Sicherheit, falls es doch einmal kühler ist und ich, an die Wärme gewöhnt, ein Feuer brauche.
Die Katze sieht den ungebetenen Beobachter mit gespitzten Ohren und aus halbgeschlossenen Augen an.
Neben dem Holzstoß steht ein großer Baum. Das Haus muß kleiner sein. Sonst wächst ein Ast hinein. Der Baum bleibt Sieger.
In seiner Krone sitzt eine Heringsmöwe. Zuerst halte ich sie für eine Lachmöwe. Aber Lachmöwen lachen gar nicht, sie sind klein und leben in Lachen. So steht es im Vogelbuch. Dort finde ich auch meinen Vogel beschrieben, groß, am Meer lebend, mit langgezogenem Schreien, das wie Lachen klingt. Jeder dieser Vögel sitzt still auf einem großen Baum. Bis er einen anderen sieht. Er nickt ein paarmal und glurkelt vor sich hin, streckt den Hals, sperrt den Schnabel auf und schreit, schamlos und laut. Darauf schreit der andere und dann der nächste. Bis wieder alle still sind. Und wieder über das Meer fliegen.

Vielleicht bedeutet ihr Schreien Langeweile oder Verständigung. Für mich ist es Lachen. Wenn ich auch tagsüber nicht an Seelenwanderung glaube, nachts denke ich, vielleicht waren das doch einmal Menschen, von der besseren Sorte, die traurigen Heiteren.

Aber nachts schlafen die Vögel. Und ich halte ihr Lachen nicht mehr für möglich, dieses totale, resignierte, mit weit offenem Schnabel. Ich hoffe auf das Taglicht, auf den Vogel, der im Baum sitzt. Ich hoffe, daß er einen Grund zum Lachen findet. Ich ängstige mich, es könnte ihm zu kühl werden. Ich will den Winter nicht wahr haben, trotz der Holzscheite.

Südlicher kann ich mein Haus nicht mehr bauen. Ich wohne schon fast an der Grenze. Ich will keine Zwischenstation sein für Schmuggler oder für Wanderer zwischen Welten, will keine Wachhunde, keine Schüsse. Südlicher kann mein Haus nicht stehen, und ich muß vielleicht doch ein paar Monate ohne den lachenden Vogel leben. Dann habe ich wenigstens die Katze. Sie braucht mein Streicheln, meinen warmen Schoß und Milch.

Mein Haus bau ich so wie die Nachbarn. Sie sollen nicht zu nahe wohnen, aber ich muß ihre Häuser sehen und ihre Pumpen hören können.

Wovor mich meine Mauern schützen? Auf einer Seite könnte die Steilküste zum Meer sein und eine Mauer ersetzen. Wenn auf zwei Seiten Steilküste wäre, hätte ich zwar auf zwei Seiten Ruhe vor Menschen, aber nicht vor dem Meer, das die Felsen, auf denen ich wohne, unterhöhlt. Doch was ist mit der Mauer am Weg?

Und wenn der Weg zu einer Straße ausgebaut wird, zu einer Durchfahrtsstraße für Touristenbusse, Sattelschlepper und Baukräne, die zu den Hochhausurlaubsorten fahren? Nicht nur meine Katze wird angestarrt werden und meine Blumen, nein, jeder wird hier Urlaub machen wollen. Weil es so abgeschieden ist. Ein Schild *Bissiger Hund* wird auch nichts nützen, weil kein Hund zu hören ist. Und wenn ich einen hätte, wäre er bestimmt nicht bissig, sondern läge neben der Katze. Bloß mehr im Schatten. Lasse ich mich nicht im Garten blicken, dann klingeln sie, treten ein, und ich habe Mühe, sie wieder hinauszubekommen.

Nahe beim Meer muß das Haus stehen, sonst kommen die Vögel nicht. Die Mauer muß eben sehr hoch sein, vielleicht gibt es da keine bindenden Vorschriften.

Das Haus baue ich aus großen Steinen. Die suche ich am Meer. Doch wie die Steine transportieren und aufeinanderschichten? Ich werde mich nach einem Mann umsehen. Aber nach einem, der mir wirklich nur das Haus baut. Er wird mich teuer zu stehen kommen. Wenn er verheiratet ist, erlaubt ihm seine Frau sicher nicht, bei mir, einer alleinstehenden Frau, zu arbeiten. Da müßte er unverheiratet oder ich verheiratet sein. Das ist die Lösung: Ich verheiratet, nur für die Zeit des Hausbauens, doch beruhigend für die Ehefrau. Vielleicht finde ich ihn über eine Annonce: *Jg. Frau sucht Mann für Sechsmonatsehe am Meer, in Kost und Logis.*

Vielleicht könnte dieser Herr auch ein bißchen helfen, mal Sand durchsieben oder einen Eimer tragen. Wenn Nachbarn vorüberkommen, muß er mir einen Kuß auf die Wange geben – nicht auf den Mund, dafür bezahle ich Männer nicht.

So, das Haus ist im Bau. Zuerst stelle ich zwei russische Betten auf mit zwei Schlafsäcken, damit mein Annoncenmann nicht wieder abfährt. Dann muß ich für Essen sorgen. Der Hausbauer wird etwas anderes essen wollen als der Annoncenmann. Ich darf sie aber beide nicht verärgern. Vielleicht bekommt der Hausbauer Essen von seiner Frau mit. Ab und zu werde ich einen Fisch von den Nachbarn, den Fischern, kaufen. Wenn sie mich nicht mehr für einen Touristen halten, werden sie weniger verlangen.

Den Topf nehme ich von zu Hause mit. Er ist blau mit großen weißen Blumen. Und ich kann ihn auf den Tisch stellen.

Aber wo koche ich? Ich sollte als erstes den Herd und den Schornstein bauen lassen. Zum Kochen könnte ich die Holzscheite verwenden, auf denen die Katze liegt. Das Holz kann der Annoncenmann kleinhacken.

Möglichst rasch sollen die Fensteröffnungen zur Straße verglast werden. Große Fenster, die fast bis zur Erde reichen, ich muß sie beizeiten zuhängen können.

Wie ist das mit den Krabben? Soll ich sie getrocknet und präpariert hinter die Fensterscheiben legen? Ich bekomme für eine präparierte Krabbe umgerechnet acht Mark von den Touristen, für ein Seepferdchen zwei Mark, für eine Muschel vier Mark, aber nur, wenn sie das Meer in ihr rauschen hören, für eine Muschelkette auch vier Mark. Aber wie lange müßte ich an ihr fädeln und lackieren.

Wenn nun ein Polizist sieht, wie ich vor meinem Haus stehe und aus meiner Schürzentasche die Krabben und Muscheln hole und erkläre, daß ich mein Haus nicht weiterbauen kann, wenn keiner mir die Krabben abkauft? Wenn mich der Polizist beim Verkaufen erwischt, nimmt er mir die Souvenirs weg. Das ist etwas für die Händler an den Ständen, die Aschenbecher verkaufen, mit Fotos von Heringsmöwen beklebt, für Händler, die Steuern zahlen. Das tue ich nicht. Als Fremde müßte ich jedoch ein gutes Beispiel geben und wenigstens ein Zimmer, als Dank für die Baugenehmigung, dem Reisebüro, oder wie das dort heißt, zur Verfügung stellen. Dann würde man das mit den Krabben auch mal übersehen.

Ich will aber keine fremden Gäste, auch keine bekannten, die sowieso kommen werden, schon aus Neugier, zu einem alten Landsmann, Schulkameraden, Kollegen, zu einem Gleichgesinnten, der den Trubel auch nicht mag. Damit die Verbindung nicht ganz abreißt und man wieder von zu Hause hört. Heutzutage gibt es durch den Flugverkehr ja überhaupt keine Entfernungen mehr, das Problem besteht nur in den Zubringerbussen, werden sie sagen.

Ich werde keine Krabben verkaufen und keine Reisebürogäste haben und den Annoncenmann nach Hause schicken, wenn ich den Hausbauer nicht mehr brauche.

Dann werden die Nachbarn eine Weile neugierig sein, ob ich mir einen einheimischen Mann für länger oder einen Touristen für kürzer aussuche. Und wenn sie das wissen, werden sie mich nicht mehr besonders beachten, zumal meine Hautfarbe sich der ihren angleicht.

Es bleibt die Frage nach dem Geld. Von Zinsen lebe ich nicht, auch nicht von einem Guthaben, das Zinsen brächte, nicht von den Gästen und nicht von einem Mann. Es bleibt nur die eigene Arbeit. Ich könnte Teppichknüpfen lernen, aber ich habe langsame Finger. Nach dem zehnten Teppich hätte ich keine Sorgen mehr, die Technik wäre mir vertraut, und ich könnte mich nicht länger vom Denken ablenken. Zuerst werde ich meine Auftraggeber hinhalten, ihnen dann reinen Wein einschenken und keine Wolle mehr nehmen. Ich bin wieder frei. Ich könnte in Ruhe schreiben.

Aber die Sprache dort kenne ich nicht gut genug.

Ich könnte das Geschriebene nach Hause zu einem Verlag schicken. Aber was will der mit Geschichten über Heringsmöwen. Er wird sagen, weiter so, aber jetzt etwas wirklich Fröhliches aus dem Land, das Sie augenblicklich besuchen.

Aber ich besuche dieses Land ja gar nicht. Es ist meins geworden, schon wegen dieser Vögel.

# Meine alleinstehenden Freundinnen

Meine alleinstehenden Freundinnen kann man unangemeldet besuchen. Meistens ist schon jemand da. Man kann zu ihnen jemand mitbringen. Meine alleinstehenden Freundinnen kommen nie unangemeldet, und wenn sie vorher von der Ecke anrufen. Sie wollen, daß man dann allein ist. Sie bringen niemand mit.

Meine alleinstehenden Freundinnen wohnen in Altbauwohnungen. Entweder im vierten Stock oder zu ebener Erde in einem Laden. Sie sagen, daß sie nicht jeden Dienstag auf dem Wohnungsamt sitzen wollen. Aber in Wirklichkeit wollen sie keine Neubauwohnung. Ihre Wohnungen sind nämlich unverwechselbar.

Meine alleinstehenden Freundinnen sind stolz auf ihre Besonderheit. Darauf vor allem. Ihre Türschilder sind handgemalt, unübersehbar. Neben dem Türschild hängt ein Schreibblock und daneben an einem Bindfaden ein Bleistift, für diejenigen, die vergeblich gekommen sind.
In den Wohnungsfluren liegen rote Kokosläufer. An den Flurwänden hängen Zeichnungen, Plakate, Kuckucksuhren. Bei einer steht am Flurende auf dem Fußboden ein zwölfbändiges Lexikon.

Meine alleinstehenden Freundinnen haben auch besondere Toiletten. Sofern sie sich nicht dem Geschmack der Mitbenutzer anpassen müssen. Die eine hat ihre Toilette, im Keller hinter zwei Sicherheitsschlössern, mit Wachstuch ausgekleidet. So sitzt man unter einem Wachstuchhimmel. Bei der anderen muß man erst geradeaus und dann rechtsherum gehen. So gelangt man zum Ziel, das auf einem Podest steht. Von dort sieht man an der Wand Bilder von Strumpfpackungen. Bei einer dritten alleinstehenden Freundin muß man erst das Fahrrad vom Toiletteneingang zum Kochherd schieben. So sieht man immer, wenn besetzt ist.

Die Küchen meiner alleinstehenden Freundinnen sind auch ihre Wasch- und Frühstücksräume. Die Küchenwände sind mit Farbfotos von Kochrezepten, Zwiebelbündeln sowie Hängeregalen mit Zwiebelmusterporzellan geschmückt. Die Tischdecken auf den Küchentischen sind blau kariert. Die Küchenschränke und -stühle sind selbst lackiert, rot oder weiß. Sie haben sich einen kleinen Elektroboiler und zum Ansehen einen dreiteiligen Spiegel daneben anbringen lassen.

Die Wohnzimmer meiner alleinstehenden Freundinnen fallen durch breite Liegen auf. Diese Liegen sind mit Teppichen oder Samtdecken und Kissen bedeckt. Daneben Glasvitrinen mit Nippes von den Großmüttern. Die Fernsehapparate, versteckt zwischen Büchern, übersieht man leicht. Meine alleinstehenden Freundinnen wollen keine Übergardinen. Beleuchtungskörper sind Architektenarbeitslampen an der Wand. Die Wände sind weiß gekalkt und voller Bilder, so daß sie die Wände nicht so oft kalken müssen. Die Bilder sind eingetauscht oder in Großmut gekauft. Manchmal auch selbst gemalt. Eine Ikone hängt auch dabei, falls es IHN doch gibt.

Meine alleinstehenden Freundinnen gehen nicht zum Friseur, besitzen aber heimlich Lockenwickler. Sie schneiden sich ihre Haare gegenseitig. Meinen alleinstehenden Freundinnen ist es ganz egal, was sie anhaben. Und nur zufällig paßt das Samthosenbraun zum Pulloverocker. Sagen sie. Für ihre Augen geben sie viel Geld aus. Für Lidpuder und -schatten, für Eyeliner, kleine Pinsel, für kuß- und tränenfeste Wimperntusche.
Wenn sie schon nichts für sich tun, müssen sie wenigstens etwas für sich tun.

Meine alleinstehenden Freundinnen haben, sofern sie nicht kinderlos sind, ein Kind. Die Kinder brauchen nicht soviel aufzuräumen, müssen nicht so früh ins Bett wie andere Kinder und gehen ebenfalls nicht zum Friseur. Die Kinder sind immer dabei. Meine alleinstehenden Freundinnen wollen ihre Kinder antiautoritär erziehen, aber die Kinder danken es ihnen nicht so, zunächst. Die Kinder ähneln ihren Vätern. Und da ist der Haken.

Mit den Vätern ihrer Kinder ist es im guten auseinandergegangen. Sagen sie. Aber meistens wollten die Männer bleiben. Das betonen meine alleinstehenden Freundinnen. Darum würden diese Männer sie auch auf der Stelle wieder heiraten oder überhaupt heiraten. Wenn diese Männer nicht schon wieder verheiratet oder noch verheiratet wären.

Meine alleinstehenden Freundinnen vertreten die Meinung, daß man einmal im Leben verheiratet gewesen sein muß. Wenn sie keinen Freund haben, sagen sie, daß sie auf keinen Fall jeden Tag einen Mann in der Wohnung ertragen könnten. Wenn sie einen Freund haben, wohnt er bei ihnen. Aber unangemeldet. Soviel Freiheit brauchen meine alleinstehenden Freundinnen.

Wenn meine alleinstehenden Freundinnen einen Freund haben, werden sie traurig. Weil sie ihn lieben, wie das auch klingt. Weil die Liebe so anstrengt. Dieser soll wirklich der letzte Versuch sein, bei ihm bleiben sie. Auf ihn hat sich das Warten gelohnt. Alles dies hoffen sie. Jedesmal. Alle. Und die Freunde spüren zwar die Hoffnung, aber noch mehr die Anstrengung und werden mißtrauisch.

Meine alleinstehenden Freundinnen finden sich nicht schön. Zum Ausgleich sind sie viel netter, als sie es wären, wenn sie sich schön fänden. Darum nimmt ihnen auch niemand diese Überzeugung, nicht einmal ihre Freunde. Oder, darum nehmen gerade ihre Freunde ihnen diese Überzeugung nicht.

Meine alleinstehenden Freundinnen nehmen die Pille. Aber gleich zu Anfang sagen sie das ihren neuen Freunden nicht. Weil die sich sonst ihr Teil denken. Die denken sich schon genug Teile beim Studium der vorhandenen Buchwidmungen. Aber so etwas sammelt sich eben an.

Am Beginn einer neuen Epoche machen meine alleinstehenden Freundinnen einen vorläufigen Abschiedsbesuch. In nächster Zeit werden sie nicht kommen können und vielleicht auch nicht anrufen, eventuell sogar das Telefon abstellen und den Schreibblock von der Korridortür wegnehmen. Denn es könnte ihn stören.

Im Hinausgehen geben meine alleinstehenden Freundinnen noch eine kurze Einschätzung. Er ist endlich einmal ein ganz normaler

Mensch, so daß sie für die Fisematenten der anderen Männer kein Verständnis mehr aufbringen können. Er hat in der richtigen Reihenfolge gelebt, erst für den Beruf, jetzt für eine Frau, von der er Gott sei Dank weiß, wie er sie zu nehmen hat. Er ist ein stämmiger Adonis, der nicht zuviel denkt. Oder er ist ein Mann, der sich nicht diesen Leistungsmarotten, diesem Autofimmel unterordnet, ein nachdenklicher und sensibler Mensch, der sie versteht und nicht gleich an das Bett denkt. Er hält die Ehe nicht für eine moderne Form des Zusammenlebens. Will aber den Glauben anderer Menschen, die daran einen Halt suchen, nicht zerstören. Darum läßt er sich auch nicht scheiden, was meine alleinstehenden Freundinnen verstehen. Vorerst.

Meine alleinstehenden Freundinnen ernähren sich sowie ihr Kind selbst. Ihre Arbeit macht ihnen Spaß. Sie sind fleißig. Ihre Arbeit ist ihnen wichtig, weil sie ihr einziges Außerhalb ist. Nach den Männern. Im Interregnum. Darum fallen sie auch im Beruf auf Lob und Tadel herein.

Meine alleinstehenden Freundinnen haben es nie mit ihrem Chef. So was nutzen sie nicht zu so was aus.

Meine alleinstehenden Freundinnen machen im Urlaub weite Reisen. Sie sind sehr neugierig und fahren immer woandershin. Aber sie trampen nur, wenn sie noch jemand bei sich haben. Besonders abends soll man nicht allein trampen, weil sonst was passieren könnte. Sie sind schon mal in eine ganz andere Richtung gefahren, nur weil der Lkw-Fahrer gesagt hat, daß er nicht an die polnische Ostseeküste fährt, sondern woandershin und es dort viel schöner ist als da, wo er nicht hinfährt.
So lernen sie die Welt kennen.

Meine alleinstehenden Freundinnen kann man um etwas bitten. Sie leihen einem ein Ohr oder ein Buch, je nachdem. Wenn sie Geld hätten, würden sie auch das borgen.

# Heute abend

Ich öffnete das Fenster meines Arbeitsraums, draußen war es schon dunkel. Den ganzen Tag hatte es geregnet, aber nun war die Luft nur noch feucht. Die nassen Blätter lagen wie Schuppen auf dem Bürgersteig. Der Tag hatte mich müde gemacht.

In einer Sänfte nach Hause getragen werden, zugezogene Samtvorhänge, nichts hören und sehen, zu Hause heißen Tee gereicht bekommen, zurückgelehnt in einen Sessel, nichts sagen müssen. Oder eingehakt, mit geschlossenen Augen, nach Hause geführt werden, für nichts mehr verantwortlich, sich ganz überlassen. Als Kind habe ich darum auf meine Mutter gewartet, nach ihrem Dienstschluß, am S-Bahnhof, manchmal eine Stunde.

Oder abgeholt werden, Entgegenkommen auf halbem Wege.

Oder zu Hause erwartet werden, die Tür nicht selbst aufschließen müssen.

Ich rief zu Hause an. Wie zu erwarten, noch keiner da.

Ich ließ mir Zeit, heute wollte ich Zweiter sein.

Als ich schließlich das Haus verließ und die Haustür, die ab siebzehn Uhr verschlossen zu halten und beim Verlassen des Hauses fest zu schließen ist, fest hinter mir schloß, war die Pförtnerloge schon leer, und der Pförtner winkte mir nicht zu wie sonst und sagte nicht: Sie sind die andere, mit der ich Sie immer verwechsele.

Da begann ich Schritt für Schritt langsam meinen Umweg nach Hause.

Jemand überholte mich, ein Kollege im Wettlauf mit seiner Straßenbahn. Mittags hatte er mir von einem Ehepaar erzählt, das eine lange gesuchte Maus neben der Mausefalle antraf, Männchen machend. Keiner der beiden habe das Tier totschlagen können. Sie zogen sich warm an, trugen es in den Wald und setzten es sicher unter einem Busch aus.

Ich erinnerte mich, wie ich als Kind auf dem Bauernhof und im vorigen Sommer auf dem Zeltplatz lachende Menschen mit Forken und Spaten auf Mäuse einstechen sah, die schon lange tot waren.

Ein Mann in einem weißen Mercedes, altes Modell, mit einer Westberliner Nummer, fuhr langsam an mir vorbei, wendete, besah mich von vorn seitlich, wendete noch einmal und hielt kurz vor mir. Er beugte sich zur Scheibe an meiner Seite, öffnete die Wagentür und sagte: Guten Abend.

Gastarbeiter mit Leihwagen, dachte ich und sagte auch: Guten Abend. Obwohl ich gelernt hatte, daß man sich auf der Straße als Frau so nicht ansprechen läßt. Aber in einer stillen Straße nicht zu antworten, brachte ich nicht übers Herz.

Er fragte nicht, wo die Friedrichstraße ist, sondern gleich, ob ich mit ihm Kaffee trinken möchte.

Er tat mir sehr leid, ein Paar Strumpfhosen und ein Päckchen Kaffee auf dem Rücksitz, in einem fremden Land, das ihm viel zu kalt ist, die monatliche Geldüberweisung nach Hause, am Wochenende der Besuch bei der Freundin, die bestimmt schon ein Kind von ihm hat, mit einer Edeka-Tüte voll Bananen und den Fotos von der Schwester, die grüßen läßt.

Er lächelte freundlich, als ich Nein-danke sagte, und fuhr weiter, ganz anders als der deutsche Mann beim Pressefest, mit dem ich auch nicht Kaffee trinken wollte. Der nannte mich nämlich: Sie Gartenzwerg, Sie.

Ich ging die Straße weiter von Laterne zu Laterne. Vorbei am Gemüsegeschäft mit der freundlichen Verkäuferin, bei der man noch überlegen darf, wenn man schon dran ist. So wie gestern, als ich alles vergaß. Denn gerade, als ich an der Reihe war, kam ein Mann in das Geschäft, zeigte seinen Ausweis als Kriminalbeamter und ein Foto. Darauf sah man nur das Gesicht einer weißhaarigen Frau, mit Holzbrettern im Hintergrund, Fußdielen vermutete ich, als er uns fragte, ob die Bürgerin hier bekannt sei, ob sie hier eingekauft hätte. Ein Kunde hatte sie manchmal auf dem Friedhof sitzen sehen. Der Beamte ging wieder, und eine Frau sagte: Die hat es eben satt gehabt. – Daran hatte ich nicht gedacht, und ich sah die alte Frau plötzlich vor mir, wie sie sich einen Strick ansieht, eine Schlinge knüpft und aus der Kammer den Tritt holt, um an das Fensterkreuz reichen zu können. Eine Krankheit, eine Kränkung, ein Verlust oder etwas, das sie als Gefahr ansah, muß sie so entschlossen gemacht haben.

Die anderen im Laden unterhielten sich wieder über Zensuren und Fernsehkrimis. Ich entnahm dem geduldigen Gesichtsausdruck der Verkäuferin, daß sie mich schon gefragt hatte, was ich wollte.

Heute ging ich vorbei.

Als ich zum S-Bahnhof kam, liefen die Menschen noch schneller als sonst zu ihren Zügen, sprangen aus den Straßenbahnen und nahmen zwei Stufen auf einmal. Aber auch die aus den Zügen stiegen, sprangen zwei Stufen auf einmal herab, um ihre Straßenbahn zu bekommen. Die Bahn zu ihrem Fernsehapparat.

Für mich war es aber heute noch zu früh, und ich nahm den weiteren Weg nach Hause, durch die Markthalle.

Gleich am Eingang ließ ich mich wiegen, mit dicker Jacke und Stiefeln. Der Mann, der sich mit Wiegen ernährte, verschob die kleinen Gewichte, bis er mit der Zunge an der Waage zufrieden war, Berufsehre. Ich habe das Ergebnis vergessen.

Am Kristallstand gab es weiße geblümte Keramiksparschweine, die nicht lange halten, weil sie aus der Hand fallen, glatt, wie sie sind, oder gestohlen werden, inhaltsversprechend, wie sie aussehen. Beim Kristall standen auch Gartenzwerge für Amerikaner. Am Schuhstand waren die Schuhe entweder Import oder Neuheit oder aus Naturkork.

Ich stellte mich zur Fischverkostung. Dort kostete ich Makrele in Tomate, in Zitrone und in Kaperntunke, jeweils aus einer geöffneten Büchse, in einem Plastikbecher mit einem neuen Plastiklöffel und einem Stück Weißbrot. Die Verkäuferin war mir dankbar, daß ich zuhörte, und steigerte sich so, daß noch zwei kleine Mädchen dazutraten. Die Fischkonservenwerberin erklärte ihnen, wie sie abends die Mutti überraschen könnten. Nämlich mit einer geöffneten Konservenbüchse und einer zerschnittenen Tomate. Ich stellte mir die Mutter vor. Bei Tomate fiel mir Zwiebel ein, und ich ging zu der Verkäuferin, die immer So-chen sagt, wenn sie einem etwas ins Netz legt. Heute fragte ich sie, ob sie auch aus dem ehemaligen Hinterpommern stammt, so wie meine Tante, die auch So-chen sagt. Nun will mir die Verkäuferin abends manchmal was Schönes aufheben.

Immer mehr Stände waren schon geschlossen, schließlich rief jemand: Feierabend. Ich ging zum entgegengesetzten Ausgang, von dem ich unser Haus sehen kann. Ich zählte die Stockwerke und die Fenster bis zu unserem dunklen.

Ich wählte den weiteren Weg über die Kreuzung. So konnte ich mir nicht die Schaufenster ansehen. Es gab Würstchen in Büchsen, Feuchtigkeitscreme, 170-Liter-Kühlschränke, blaue Konfektschalen aus Glas und Gelee-Bananen. Im Haus der Ungarischen Kultur schloß gerade ein Herr im schwarzen Anzug von innen die Tür, eine Gesellschaft war hinter den Glasscheiben versammelt. Da ich langsam ging und ihm zusah, schloß er wieder auf und ließ mich hinein. Neben dem Eingang stand ein Tablett mit Sektgläsern. Eine Ausstellungseröffnung.

Ein Ungar erklärte die Bilder auf Ungarisch, ich sah seinem Schnurrbart zu. Er hatte, wie sich bei der Übersetzung herausstellte, auf die Ähnlichkeit der Bilder mit Kindermalerei hingewiesen.

Ich dachte darüber nach, daß es Menschen gibt, die diese Feststellung in Gegenwart anderer treffen, von denen sie wissen, daß sie diese Feststellung erwarten, weil sie sie bei solchen Ausstellungen immer hören. Ich überlegte, ob ich diesen Vergleich über die Lippen gebracht hätte, ob man wirklich Bekanntes immer wieder ernst aussprechen muß.

Dann sah ich mir die Bilder an. Diese Malerin hatte erst siebzigjährig mit dem Malen angefangen, als ihre Kinder aus dem Haus waren und ihr Mann tot. So konnte er es ihr nicht verbieten.

Neben mir stand eine alte Frau mit einem gestickten georgischen Käppchen, weißen Haaren, hängenden Augenlidern, sie roch nach Knoblauch, ihr Gesicht kannte ich von einem Foto: eine Malerin. Wir bekamen alle ein Glas Sekt, ich trank es in einem Zug. Die Malerin unterhielt sich mit einer jüngeren Frau und versuchte angestrengt, sich an ihre neue Telefonnummer zu erinnern, um sie der jungen Frau mitzuteilen.

Sie gehe gar nicht mehr gern aus dem Haus, seitdem sie das Telefon habe. Weil sie so gern Anrufe erhalte. Die junge Frau könne ja mal versuchen, ob die Nummer stimme. Im Telefonbuch steht sie noch nicht.

Es sind jedenfalls sieben Nummern, hörte ich die alte Frau noch sagen.

Als ich vor der Tür des Kulturhauses stand, zählte ich wieder die Stockwerke und die Fenster in unserem Haus. Da sah ich, daß Licht hinter unseren Scheiben brannte.

Ich lief über die Kreuzung, vorbei am Brunnen, an den Bänken und Stühlen, an der Bühne vor unserem Haus, an den Bockwurst- und Brauseverkäufern, Betrunkenen, Touristen, haltenden Bussen, durch die Haustür mit zerschlagenen Scheiben, vorbei an der

Sprechanlage mit hundert numerierten Klingelknöpfen, öffnete die nächste Tür zum Fahrstuhlraum mit zerschnittener Notrufanlage, vorbei an hundert Briefkästen mit abgerissenen Schildern und stellte mich zu den Wartenden. Wir hörten Rufe und auch Faustschläge aus dem Fahrstuhlschacht, dort waren welche hängengeblieben. Einer der Wartenden rief, daß der Hausmeister schon benachrichtigt sei. Da wurde es ruhig.

Als unser Fahrstuhl kam, verstummten wir alle, fuhren schweigend, verabschiedeten uns nur, die Kinder kicherten leise und verlegen.

Im letzten Stockwerk stieg ich aus, lief durch die Korridore, öffnete und schloß verglaste Türen, vorbei an numerierten Kammern, die Treppe herauf, um den Treppenschacht herum, ein offener Schacht, neun Stockwerke tief ins Schwarze.

Auf dem obersten Treppenpodest war ich am Ziel, ich brauchte nicht zu klingeln, denn er hatte meinen Schritt erkannt.

# Mildernder Umstand

Ich bin zum Tode verurteilt. Und zwar durch den elektrischen Stuhl. Warum, weiß ich auch nicht. Es hat irgend etwas mit dem Schreiben zu tun. Aber Genaues sagt man mir nicht.

Die Hinrichtung ist in einer halben Stunde.

Ganz ernst kann ich das alles nicht nehmen. Es gibt sicher noch einen Ausweg. Ich denke angestrengt nach und sehe mich um.

Außer mir ist noch mein Mann im Zimmer. Er muß nicht sterben, darf nur bei mir bleiben bis zum Schluß. Er schweigt und umarmt mich.

Dann sitzen noch zwei Ärztinnen da, die sich ruhig unterhalten, und ein Ehepaar, das mit allem nichts zu tun hat.

Wenn ich jetzt tobe und tue, als ob ich verrückt bin, denke ich, werden sie mich vielleicht zur Begutachtung in die Psychiatrie einweisen. Dann sind ein paar Lebenstage gerettet.

Ich sage zu dem Ehepaar, zu meinem Mann und zu meiner Mutter, die ein paar Zimmer weiter in einem Bett liegt und liest, daß sie nicht erschrecken sollen, wenn ich jetzt brülle und um mich schlage.

Dann trommle ich mit den Fäusten an die Wände und auf den Tisch, schreie mit unartikulierten Lauten, und als schließlich noch ein Arzt in das Zimmer tritt, rufe ich rhythmisch: Bringt mich in die Anstalt, bringt mich in die Anstalt.

Der Arzt sieht mich lächelnd und spöttisch an und sagt leise: Sie sind doch vom Fach, Sie wissen doch ganz genau, daß Sie bei einer Geisteskrankheit keine Krankheitseinsicht hätten.

Die beiden Ärztinnen bleiben ganz gleichgültig. Über ihnen an der Wand hängt ein Porträt. Die eine Ärztin steht auf und geht aus dem Zimmer. Ich weiß, daß sie sich mit ihrem Gesicht von der anderen Seite der Wand genau hinter das Porträt stellt. Und ich weiß auch, daß unter dem Porträt ein Loch in der Wand ist, ihr Gesicht also direkt hinter dem Porträt.

Die andere Ärztin gibt mir ein langes scharfes Messer. Ich soll das Porträt zerstechen.

Weil ich aber das Gesicht dahinter nicht verletzen will, versuche ich verzweifelt, mir genau die Größe des Mauerdurchbruchs vorzustellen. Ich steche am Rand so in das Porträt, daß jeder Messerstich auf den Widerstand der Mauer stößt. Schließlich fällt das Porträt, das ich kreisrund herausgestochen habe, vor mir auf die Erde. Dahinter sehe ich das triumphierende Gesicht. Das ist der Beweis, daß ich nicht verrückt bin. Denn sie wußten, daß ich wußte, daß da ein Loch in der Mauer ist. Warum habe ich nicht zugestochen? Weil ich normal bin. Also muß ich sterben. In wenigen Minuten. Und mir ist völlig klar, daß das unwiderruflich ist.

Ich setze mich erschöpft neben meinen Mann, lege mein Gesicht an seine Brust, schließe die Augen und weine bitterlich.

Da wache ich auf. Meine Augen brennen. Ich richte mich auf, mein linkes Auge tränt, schmerzt sehr, Tränen rinnen aus diesem Auge. Ich kühle es. Erst nach zwei Stunden hat es sich beruhigt.

Wie schön, sagte C., der ich den Traum erzählte, bis in dein Innerstes, bis in den Traum bist du davon überzeugt, daß du nicht verrückt bist.

Und das war nicht immer so.

# Inhalt